혜수, 해수 3

혜수, 해수 3 구미호

초판 1쇄 발행 2023년 10월 20일
2쇄 발행 2024년 10월 28일

지은이 임정연
펴낸이 강수걸
편집 이혜정 강나래 이선화 오해은 이소영 김효진 방혜빈
디자인 권문경 조은비
펴낸곳 산지니
등록 2005년 2월 7일 제333-3370000251002005000001호
주소 부산시 해운대구 수영강변대로 140 BCC 626호
전화 051-504-7070 | 팩스 051-507-7543
홈페이지 www.sanzinibook.com
전자우편 sanzini@sanzinibook.com
블로그 sanzinibook.tistory.com

ISBN 979-11-6861-184-9 44810
978-89-6545-720-6 (세트)

* 책값은 뒤표지에 있습니다.
* 잘못된 책은 구입하신 곳에서 교환해드립니다.

혜수, 해수

❸ 구미호

임정연 장편소설

산지니

차례

4월 3일

해수

교실 창문으로 비쳐 드는 봄 햇살이 여자아이의 얼굴에 내려앉았다. 뽀얀 피부, 발그레한 볼, 기다란 속눈썹, 도톰한 입술. 가만히 보고 있으면 예쁜 얼굴이다. 여자아이의 새근거리는 숨소리가 창밖의 새소리와 어우러졌다.

"강혜수. 강혜수."

선생님이 부르는 소리에 여자아이가 깜짝 놀라 일어섰다.

"수업 시작한 지 10분도 안 지났어. 지금부터 졸면 어떡하냐. 서서 정신 좀 차리고 앉아."

선생님의 꾸지람에 아이들이 키득거렸다.

"조용조용. 너희들 고3이야. 봄이라 졸리겠지만 다들 집중하고."

선생님은 목소리를 높이고 나서 계속 수업을 진행했다. 아이들은 선생님의 설명에 집중했다. 장혜원을 비롯한 상위권

들은 수업 시간에 자기 공부를 하든, 수업에 집중하든 열심히 한다. 고3이라서인지 중위권 친구들도 나름 수업에 몰두한다. 수업에 관심이 없는 것은 여자아이와 여자아이의 단짝인 이유리 등 두세 명 정도다. 여자아이의 단짝인 유리라는 아이는 패밀리어와 함께한 퍼포먼스 영상이 퍼져 대형기획사에 들어갔다. 유리는 일반 연습생이 아니라 데뷔를 전제로 한 연습생이라 수능보다는 데뷔에 집중하고 있었다. 그런 상황을 학교에서도 이해를 해주어 수업에 빠지는 것 등 편의를 봐주고 있었다. 여자아이는 잠깐 서 있다가 선생님이 앉으라고 하자 의자에 털썩 앉았다.

"뭐 늘 걸리니까 새롭지도 않네."

"다른 볼일 없으세요?"

"없어."

천천히 고개를 저었다. 지난번 뱀파이어 사건 이후로 당분간 저승사자 일을 중단하고 여자아이를 지키라는 임무가 맡겨졌다. 하지만 여자아이에게는 천기를 어겨 저승사자 일에서 쫓겨났다고 했다. 그 얘기를 들은 여자아이는 미안해서 어쩔 줄을 몰라 했다. 내가 그렇게 말렸는데도 뱀파이어의 소굴로 달려간 자기 때문에 이런 일이 벌어졌다고 생각했기 때문이었다. 그래서 그런지 한동안은 내 앞에서 고개도 들지 못하고 눈도 마주치지 못했다. 그러나 몇 달이 지나자 미안해하는 모습이 점점 사라졌다. 그리곤 지금은 내가 옆에 있는 게 귀찮다는 표정이었다.

"내가 수업 들어두면 좋잖아. 시험 때 모르는 거 가르쳐줄 수도 있고."

그 말에 여자아이가 힐끗 돌아보았다. 몇 달이나 붙어 다니다 보니 여자아이도 목소리를 내지 않고 사념으로 얘기하는 데 익숙해져 있다. 덕분에 수업 시간에도 마음 놓고 얘기할 수 있었다.

"임진왜란 시작된 게 몇 년이에요?"

"그게…"

갑작스러운 질문에 기억이 나지 않았다.

"정유재란 시작은?"

"그게 저…"

"정유재란 끝난 건?"

"……"

"저승사자는 영이라 모든 걸 기억한다면서요?"

여자아이가 빤히 쳐다보며 물었다. 그건 사실이었다. 몇백 년 전의 일도 좀 전의 일처럼 선명하게 기억이 났다. 그런데 이게 어찌 된 일인지 수업 시간에 들은 건 기억이 나지 않았다.

"험험. 아마 직접 경험한 것들만 잊지 않는 것 같다. 누구한테 들은 것, 사소한 것까지 일일이 기억하면 머리 아파서 어떻게 사냐."

"그러니까요. 우리는 교과서에 나오는 사소한 것뿐만 아니라 교과서에 안 나오는 것까지 다 외워야 하니까 제 머리가 얼마나 아프겠냐고요."

여자아이가 투덜거리며 길게 하품을 했다.

"그렇기는 하네. 네가 말한 것처럼 무슨 일이 일어난 년도를 일일이 외우려면 머리가 아프겠지."

여자아이의 졸린 눈을 보며 말했다.

"그런데 네 머리가 왜 아파? 너 공부 안 하잖아."

그 말에 정곡을 찔렸는지 여자아이가 뜨끔한 표정을 지었다.

"저 공부한다고요. 저번 시험 성적도 올랐는데."

입을 부루퉁하게 내밀며 그런 소리를 했다.

"너 찍는 거 다 봤거든? 이번은 운이 좋아서 잘 나온 거지. 내가 종일 네 옆에 붙어 있는데 공부했다는 말이 나오냐."

"그런가. 헤헤."

"야, 앞에 봐. 또 걸리겠다."

그 말에 여자아이는 선생님을 돌아보았다. 하지만 채 5분도 지나지 않아 다시 눈꺼풀이 내려앉기 시작했다.

학교에서 얼마 떨어지지 않은 가까운 산이었다. 겨우내 텅 빈 숲에 물이 오르며 파릇파릇해지고 있었다. 나른한 봄바람이 풀숲과 나무들을 흔들며 지나갔다. 한적한 산의 꼭대기에 신선이 바둑판을 앞에 두고 앉아 있었다.

"안녕하십니까."

내가 다가가며 인사했다.

"오늘도 오셨는가?"

신선이 반갑게 맞이해 주었다. 새하얀 도포 자락에 흰색 수염을 늘어뜨린 신선은 인자하게 웃었다.

"예. 어제 두던 바둑을 계속하려고 왔습니다."

신선의 맞은편에 앉으며 대답했다.

"그럼 계속 두시지요."

신선이 손을 움직이자 바둑판 위의 돌들이 어제 두다가 그만둔 상태로 바뀌었다.

"그럼 먼저 두시죠."

내가 손으로 신선에게 차례를 권했다. 신선은 그 말에 고개를 끄덕이고는 바둑돌을 놓았다. 여자아이가 위험에 빠지는 걸 막기 위해서라고 하지만 종일 곁에 붙어 있는 것은 불편한 점이 한두 가지가 아니었다. 초반에는 뱀파이어와의 사건 직후라 나도 긴장을 한 채 종일 여자아이 옆에 붙어 있었다. 그러나 몇 달이 흐르자 위험한 일도 생기지 않고 종일 같이 붙어 있는 게 슬슬 귀찮아지기 시작했다. 이렇게 가까운 곳에서 바람이라도 쐬지 않으면 따분해서 죽을 지경이었다. 또한 내가 없을 때 여자아이의 곁에는 원영과 신장들이 있었다. 신장들은 감시와 연락 정도 가능한 능력이지만, 원영은 웬만한 마물도 쉽게 해치울 수가 있다. 게다가 원영은 눈치가 빨라서 내가 불편해하는 기색을 알아채곤 점심시간과 하교 후에는 여자아이의 곁을 지켜주었다. 지금도 원영이가 여자아이와 같이 있어 이렇게 신선과 시간을 보낼 수 있었다. 한동안 신선과 어울려 바둑을 두고 있는데 누가 나를 부르는 소리가 들렸다.

"해수야. 해수."

저 멀리서 문규가 시끄럽게 달려왔다.

"무슨 일이야?"

바둑을 두다가 고개를 들었다.

"너 바쁜 일 없지?"

"바빠."

"바쁘긴. 너 일 없는 거 다 알거든."

"나도 네가 뭔가 부탁하려고 온 거 다 알거든. 그러니까 바빠. 하는 일 없어도 바빠."

바둑판을 보며 대답했다.

"야, 해수야. 부탁할 사람이 너밖에 없어서 그래. 친구 좋다는 게 뭐냐. 이럴 때 도와주는 게 친구 아냐?"

문규가 두 손을 맞잡고 웃으면서 사정했다. 내가 대꾸를 안 하자 이제는 바둑판 옆에 무릎까지 꿇고 부탁했다. 그 모습을 보고 신선이 빙그레 웃었다.

"무슨 일인지 들어봐야 하지 않겠나."

신선의 권유에 문규를 향해 고개를 돌렸다.

"뭔데?"

퉁명스럽게 물어보았다.

"내가 팀장하고 얘기를 했거든. 왜 그때 말한 휴가."

"아, 휴가."

무심코 중얼거렸다. 내가 신장이 된 뒤로 문규는 부쩍 이승 일에 관심을 가졌다. 그리곤 얼마 전부터 휴가에 꽂혀 팀장을 조르고 있었다.

"그래서?"

내가 되묻자 문규가 옆으로 다가앉았다.

"팀장이 나랑 화정이 일을 대신할 사람을 데려오면 휴가를 보내주겠대. 그런데 며칠이라도 차사 두 명 일을 할 수 있는 사람이 있어야지. 너밖에 없더라고."

문규가 더 바싹 다가앉았다.

"팀장한테 말해보니 너만 좋다면 그렇게 해주겠다는 거야. 그러니까 해수야. 이번 한 번만 나 좀 도와줘라. 응? 친구 좋다는 게 뭐냐?"

문규는 다시 두 손을 맞잡은 채 애원하는 투로 흔들었다.

"그러니까 네가 화정이랑 둘이서 노는 동안 너희 일을 내가 대신해 달라는 거지?"

"응."

문규가 눈을 빛내며 고개를 끄덕였다. 평소 같으면 바로 싫다고 했을 건데 지금은 문규의 제안이 솔깃했다. 몇 달이나 여자아이와 붙어 있느라 사실 따분하긴 했다. 그렇다고 쉽게 부탁을 들어주면 한 번으로 끝날 것 같지가 않았다. 그래서 일부러 퉁명스럽게 말했다.

"싫어."

"아니, 왜?"

"바빠."

바둑돌을 놓으며 말했다.

"야, 해수야."

"그리고 차사가 휴가는 무슨 휴가야. 그러려면 차라리 환생을 해."

일부러 퉁명스럽게 말하자 문규는 삐진 듯 입을 비죽거렸다.

"환생하면 화정이 못 보잖아."

"그렇게 좋냐?"

문규를 보며 한심하다는 듯 말했다. 차사가 사랑, 연애에 절절매는 게 한심했다. 그러거나 말거나 문규가 팔을 잡고 매달렸다.

"좋지. 그러니까 해수야. 친구 좋다는 게 뭐냐. 나랑 화정이 구역이 붙어 있어. 거리도 여기서 얼마 안 멀잖아."

문규가 팔을 잡고 늘어지며 필사적으로 애원했다. 그걸 보고 신선이 혀를 끌끌 찼다.

"저렇게 부탁하는데 들어주지 그러나. 그렇지 않아도 몇 달 동안 일 없어 적적하다고 하지 않았나."

문규가 불쌍했는지 신선이 옆에서 거들었다. 마지못한 척 그제야 고개를 끄덕였다.

"여기 어른 때문에 도와주는 거다. 이번만이야."

"오케이. 땡큐. 어르신 감사합니다."

문규가 신선을 향해 고개를 숙였다.

"아닐세. 허허허. 그나저나 이번 판은 내가 진 것 같군. 허허허."

"제가 운이 좋았나 봅니다."

바둑알을 정리하며 신선을 향해 말했다.

"그래서 언제부턴데?"

"너만 좋다면 내일부터."

문규가 손을 비비며 싱긋 웃었다.

"내일?"

"응, 내일."

문규는 아예 내일부터 휴가 갈 생각을 하고 설득하려고 온 거였다. 기가 찼지만 꾹 참았다.

"팀장은 별일 없어?"

"없어. 몇 달 동안 별일 없으니까 어떻게 할지 고민하는 거 같아. 이번에 어떻게 되는지 보고 너 복귀시킬 것 같은데."

문규가 말했다. 바둑판을 정리하고 일어섰다.

"가면서 얘기하자. 어르신 그럼 오늘은 이만 가보겠습니다."

"살펴들 가시게."

신선이 우리를 배웅하며 인사했다. 문규도 공손하게 인사하고 나와 같이 자리를 떴다. 걸어가며 문규에게 물었다.

"별다른 일은 없고?"

“큰 건 아닌데 간혹가다 호환으로 죽는 명부가 나오더라.”

“호환?”

호기심에 문규를 돌아보았다.

“응. 호환. 호랑이 아니고 여우.”

“여우가 아직 있던가?”

“모르지. 어쨌든 호환이 하나씩 나온대. 명부가 나오는 거 보니까 천기를 어지럽히는 일은 아닌가 봐.”

“그렇긴 하지.”

“이따 올라올 거냐?”

문규가 물었다. 그 소리에 고개를 끄덕였다.

“내일 일 확인해야 하니까. 휴가 며칠이나 가는 거야?”

“3박 4일. 나 빨리 가서 화정이한테 얘기하고 짐 싸야겠다.”

“무슨 저승사자가 휴가를 간다고. 참나.”

“그럼 잘 부탁해. 갔다 와서 봐.”

문규는 잽싸게 사라졌다. 학교로 돌아오자 여자아이는 아직 친구들과 수다를 떠는 중이었다. 옥상에서 망을 보던 아기동자가 이상 없다는 듯 신호를 보냈다.

“여기 비스듬히 잘린 원통의 체적을 구하는 공식은…”

선생님이 칠판의 비스듬히 잘린 원통 그림 옆에 공식을 썼다. 그리고 계산하는 방식에 대해 설명을 했다.

"저걸 왜 계산하는 거야?"

"제 말이요."

여자아이가 따분한 표정을 지으며 대꾸했다.

"똑바른 모양의 원통도 아니고 저렇게 한쪽만 비스듬하게 잘린 원통의 크기를 계산하는 방법을 왜 모든 사람이 알아야 하냐고요."

"그치. 만약에 컵에 물이 얼마나 들어가는지 보려면 따라 보면 될 거 아냐?"

"그러니까요."

여자아이가 열심히 맞장구를 치며 고개를 끄떡였다. 역사는 기존에 있었던 일을 알려주는 역할을 하고, 같은 일들이 반복되고 있으니 필요했다. 물론 인간에 의해 되풀이되고 있지만. 하지만 수학은 왜 배우는지 이해가 되지 않았다. 턱을 어루만지며 여자아이를 돌아보았다.

"그런데 너 잘 버틴다. 춘곤증에 식곤증일 건데."

"이번 시간이 대흉이라서."

여자아이가 대답하면서 손으로 입을 가리고 하품을 했다.

"나 내일부터 며칠 동안 자리 비울 거야."

여자아이가 갑작스러운 내 말에 놀란 듯 쳐다보았다.

“어디 가세요?”

“앞에 봐. 대흉이라며.”

그 말에 여자아이가 재빨리 얼굴을 돌렸다.

“문규가 일 좀 도와달라고 해서. 3~4일 정도 걸릴 거야.”

“네.”

대답하는 목소리가 왠지 신이 나 있다.

“원영이랑 개똥이에게 일러놓을 거다. 나 없는 동안 조심해. 사고 치지 말고.”

“네.”

여자아이가 다시 밝은 목소리로 대답했다. 뭔가 미심쩍어 쓱 여자아이를 쳐다보았다. 하지만 여자아이는 왠지 신이 난 듯 똘망똘망한 눈으로 칠판을 보고 있었다.

4월 4일

혜수

"이상이 전달 사항이고. 오늘부터 일본 자매학교에서 교환학생이 오니까 학교생활에 잘 적응하게 도와주도록. 우리 학교에서도 교환학생을 보내려고 신청을 받고 있는데, 신청할 사람 없지?"

선생님이 교실을 휘휘 둘러보았다. 아무도 손을 들지 않았다. 다들 고3이라 꺼리는 분위기였다. 내가 뒤를 돌아보았다.

"너 안 가? 애니의 본가잖아."

애니메이션과 오컬트 마니아인 혜원을 부추겼다.

"가려면 주말에 놀러 가지 학교를 왜 가?"

혜원이가 시큰둥하게 대꾸했다. 하긴 그렇긴 했다. 놀러 가면 몰라도 학교에 공부하러 가는 건 아니긴 했다. 혜원은 역시 생각하는 게 다르다.

"지원자 없지? 고3이니까 그럴 시간이 없지. 그리고 이번

달 중으로 진로 상담 있으니까 미리 부모님하고 상의해서 준비하도록. 이상."

선생님이 나가자 애들이 모여들었다.

"채원이 너 아까 왜 지원 안 했어? 너 평소에 일본 가고 싶어 했잖아."

"난 안 돼. 성진 오빠 따라 Y대 가려면 공부해야 돼."

손에 든 책을 뚫어져라 보며 채원이 말했다. 이제껏 공부와는 담을 쌓고 옷이나 화장에 빠져 있던 예전의 채원이가 아니었다. 머리를 질끈 묶고 화장은 전혀 안 하고 두꺼운 안경을 쓰고 책에 코를 박고 있다. 성진 오빠가 수시로 Y대에 들어간 뒤 채원이가 달라졌다.

"지금부터 이런다고 Y대에 갈 수 있겠냐?"

"갸야 돼. 무조건 가야 돼."

채원은 이를 악물고 책만 쳐다보았다. 그때 누가 내 이름을 부르는 소리가 들렸다.

"혜수야."

돌아보니 유리가 교실 문으로 들어오며 손을 흔들었다.

"응. 왔어?"

"유리 왔어?"

친구들이 반갑게 유리를 맞았다.

"이리 와."

내가 빈 옆자리를 가리켰다. 지금 학교에 오는 걸 보니 어제 늦게까지 연습한 모양이었다.

"어제 늦게까지 연습한 거야?"

"응. 곧 월평이잖아. 밤새 연습하고 옷만 갈아입고 온 거야."

유리가 피곤한 얼굴로 대답했다. 안 그래도 많이 초췌해 보였다. 눈 밑에 다크서클하며 멍한 표정하며.

"데뷔는 언제야?"

"아직 몰라. 월평부터 통과해야지."

유리가 머리를 쓸어 넘기며 마른 입술을 축였다.

"네가 누구야? 유리잖아. 저번 월평 때 1등 했다며. 이번에도 1등 해야지."

"그래야겠지."

내 칭찬에 기분이 좋아진 듯 유리가 웃었다. 그런데 혜원이가 주변을 두리번거리고 있다.

"너 뭐 찾아?"

"차사님 오셨어?"

"아니. 다른 일 있다고 갔어."

그 말에 혜원이는 실망한 눈치였다.

"언제 오신대?"

"3~4일 걸리신다는데."

"그래?"

혜원이는 실망한 티가 팍팍 났다.

"누가 보면 차사님이랑 사귀는 줄 알겠다."

"멋있잖아. 저승사자."

혜원이가 씩 웃으며 엄지손가락을 세워 보였다. 그때 수업 시작 벨이 울렸다.

급식을 먹은 후 아이스크림을 핥으며 벤치에 자리를 잡고 앉았다. 유리가 옆에 앉고 민주와 혜원이가 마주 앉았다. 채원이는 점심시간에도 책을 놓지 않고 열공 중이었다.

"점심시간까지 너 대단하다."

"말 시키지 마. 나 바빠."

채원이는 책에서 눈을 떼지 않고 대답했다.

"넌 의대?"

혜원이를 쳐다보았다. 채원이는 수다를 떨 것 같지 않아 혜원이로 바꿨다.

"응. Y대 의대."

"네 성적이면 S대 의대도 될 건데 왜 Y대야?"

"우리 엄마 아빠가 다 Y대 의대 출신이잖아. 엄마 아빠 친구들도 다 Y대 의대고. Y대 가는 게 편해."

혜원이가 아이스크림을 핥으며 별것 아니라는 투로 얘기했다.

"수시?"

"응. 일부러 힘들게 할 필요 없잖아."

혜원이가 고개를 끄덕하며 말했다. 얘는 항상 전교 1등에 첫 모의고사도 전국 0.1% 이내 성적이라 원하는 대학 어디든 갈 수 있다.

"힝. 좋겠다."

채원이가 Y대 얘기에 관심을 보였다. 하지만 이내 다시 책에 코를 박았다.

"민주 넌 진로 정했어?"

"아니. 엄마랑 얘기해 봐야지. 혜수, 넌?"

"뭐, 나야…"

조회 때 선생님이 진로 상담한다고 얘기하기 전까지는 진로에 대해 생각해 본 적이 없었다. 상담 때 뭐라고 하지? 전에는 아빠처럼 공사나 공무원이나 될까 하고 생각했다. 하지만 현실의 벽이 높았다. 혜원이면 모르겠지만 내 성적으로는 무리였다. 그러던 차에 갑자기 내림굿을 받게 되었고. 그렇다고 진로 상담 때 무당 하겠다고 하는 건 좀 아닌 것 같았다. 무엇보다 여러 일을 겪으면서 장래 진로에 대해 생각해 볼 여유가 없었다.

"너 무당 할 거 아냐?"

당연한 거 아니냐는 표정으로 혜원이가 물었다.

"그거야…"

"얘 요새 돈 잘 벌어. 너 이번 달만 해도 400 넘게 벌었잖아."

혜원의 말에 애들이 놀라 나를 바라보았다. 어깨를 으쓱했다.

"그건 다 합친 거고. 재료비 빼면 300 정도 남아."

"혜수 너 돈 벌어? 뭘로?"

민주가 놀란 듯 물었다.

"그게 할머니랑 할머니 제자분들에게 부적 주문 받아서 만들어 주는 거야."

"대박! 아냐 나 공부해야 돼."

채원이는 돈 얘기에 놀라 돌아보더니 금세 고개를 가로젓고 다시 책에 코를 박았다.

"뭐야, 나만 아무것도 없잖아."

민주가 기죽은 표정을 지었다.

"야. 너도 공부해. 늦기 전에."

채원이가 고개를 발딱 들더니 외쳤다.

"그래야 할까 봐. 힝."

민주가 책에 코를 박고 있는 채원을 보며 징징거렸다. 굳이 무당 일을 안 해도 부적을 만드는 일로만 먹고살 수는 있었다. 룬을 섞은 부적이 효과가 있다는 소문이 나 할머니를 비롯한 제자들의 일이 많아졌다. 일이 많아시면서 부적 주문도 늘어나 꽤 많은 돈을 벌 수 있었다. 이번 주만 해도 주문량 3,000장 중에서 할머니 건 1,300장이었다. 아기동자의 무당인 순녀 언니가 700장으로 할머니 다음으로 많았고, 막내인 제니 언니도 100장을 주문했다. 이번 주말 건까지 합치면 애들에게 얘기한 액수의 두 배 넘게 번다. 돈만 생각하면 부적 만드는 일만 계속해도 되었다. 그때 운동장 한쪽에서 시끄러운 소리가 들렸다. 돌아보자 애들이 웅성거리며 모여 있었다.

"무슨 일이지?"

"1반 애들이네. 교환학생이 왔나 보네."

혜원이가 그쪽을 보며 말했다.

"교환학생?"

"조회 시간에 선생님이 얘기했잖아. 일본 자매학교에서 교환학생 온다고. 1반에 한 명 온다고 했는데 개인가 봐. 어라, 시간 됐다. 들어가자."

혜원이가 기지개를 켜며 일어났다. 애들이 뒤따라 벤치에서 일어섰다. 채원이가 앞서 교실로 바쁘게 걸음을 옮겼다. 혜원이가 옆으로 와 내 팔을 툭 쳤다.

"이따 할머니 댁에 갈 거야?"

"응. 너는?"

"난 주짓수."

혜원이가 허공에 주먹을 날리며 말했다. 그 말에 생긋 웃는데 아직도 1반 애들은 운동장에 모여서 신나게 떠들고 있었다.

할머니의 집으로 가는 골목으로 접어들었다. 산자락 밑의 동네인데 할머니의 단독주택은 안쪽 끄트머리에 있다. 산 밑이라 공기도 좋고 조용했다. 산 둘레를 따라 온통 붉은 진달래꽃이 흐드러져 있다. 노란 개나리도 어서 오라는 듯 손을 흔들고 있다. 걸어오는 동안 등에서 땀이 났다. 어깨를 파고드는 백팩이 묵직했다. 산이 가까워질수록 새들의 지저귀는 소리가 더욱 커졌다. 마치 내가 오는 걸 아는 듯 시끄럽게 떠들었다. 대문을 열자 끼익하는 소리가 났다.

작은 돌들이 박힌 마당을 가로질렀다. 현관문을 열고 들어가 마루 앞에서 운동화를 벗었다. 마루에는 할머니가 시집올 때 가지고 왔다는 오동나무로 만든 문갑이 보이고, 그 옆에는 원목으로 만든 키 작은 반닫이가 놓여 있다. 원영의 집이 로코코 풍의 가구로 꾸며져 이국적이라면 할머니 집은 오래된 고가구들이 많다. 지금은 돌아가신 할아버지는 마른 천으로 문갑이며 반닫이 위의 먼지를 닦곤 했다. 오늘처럼 할머니가 일로 집을 비울 때가 많아 살림은 할아버지가 돌보곤 했다. 그런 할아버지가 지금은 안 계셔서 가구들이 쓸쓸하게 빛을 잃는 것 같았다. 신당으로 가 메고 온 가방에서 부적을 꺼내놓았다.

"내일 작업이지?"

언제 나타났는지 아기동자가 담배를 꺼내 물며 물어보았다.

"응. 3,000장이니까 일요일까지 해야 할 거야."

"장군이 데려가야겠네. 하필 이럴 때 다른 애들은 다 바쁘냐."

아기동자가 담배 연기를 뿜으며 투덜거렸다.

"둘이서 괜찮겠어?"

"어떻게 해봐야지. 이번에는 순녀 건도 많으니까."

아기동자가 허공에 재를 털며 대꾸했다.

"부탁해."

"재료는 안 모자라지?"

"충분해."

요새 주문이 많아서 종이와 주사를 미리 주문했었다. 어제 원영이 집으로 택배가 와서 재료는 넉넉했다.

"나 먼저 간다."

아기동자가 허공으로 사라졌다. 신당 앞에 부적을 잘 챙겨 놓은 후 정리를 마치고 돌아오니 상에 놓인 방울과 부채가 보였다. 방울을 들어 흔들어 보았다. 방울 소리가 방 안으로 퍼져나갔다. 전부터 할머니가 굿하는 모습을 동영상으로 찍어 혼자 틈틈이 연습했었다. 방울을 울리면 시끄럽다고 해서 원영이 집에서는 맨손으로 동작만 연습했었다. 방울이 있으니 맨손으로 하는 것보다 확실히 기분이 났다. 부채를 들어 허공을 저어 보았다. 문득 부채의 기운이 허공으로 퍼져나가는 게 느껴졌다. 한번 연습해 볼까? 방 가운데 자리를 잡고 숨을 깊이 들이마셨다. 호흡을 따라 주위의 기운이 흘러들어 오는 것 같았다. 부채로 천천히 허공을 휘저었다. 공기와 함께 무언가 알 수 없는 기운이 따라 움직였다. 혼자 연습한 강령굿의 동작을 따라 몸을 움직였다. 굿을 하면 할수록 어떤 기운이 따라 움직이는 게 느껴졌다. 기운이 따라 움직이면서 몸이 가벼워졌다. 팔을 크게 뻗어 허공을 휘저었다. 커다란 기운이 방 안을 가득 채우며 퍼져갔다. 기운을 타고 뛰어올라 한 바퀴 돌았다. 두 바퀴, 세 바퀴. 돌면 돌수록 점점 더 몸이 가벼워지고 빠르게 돌아갔다. 기운들도 함께 회전하며 휘몰아쳤다. 기운이 단전으로 밀려들었다. 단전이 점점 뜨거워졌다. 갑자기 땀이 비 오듯 흘렀다. 하지만 기운에 밀려 회전을 멈출 수가 없었다. 너무 빨리 돌아 정신을 차릴 수가 없었다. 너무 많은 기운들이 한꺼번에 단전으로 몰려들어 타는 듯한 열기가 느껴졌다. 온몸이 불에 달군 듯 뜨거웠다. 정신이 아득해졌다. 문득 발이 허공으로 떠오르며 허리가 뒤로 젖혀졌다. 몸이 들리는 것과 동시에 팔이 옆으로 뻗어지며 단전에서 강한 기운이 올라와 입에서 뿜어졌다. 순간 기운을 잃고 뒤로 몇 걸음 비틀대며 물러서서 바닥에 쓰러졌다. 숨이 가빴다. 맥이 풀리며 기운은 없었지만 정신은 맑고 또렷했다. 그렇게 쓰러져 있는데 나지막한 목소리가 들려왔다.

"나를 부른 것은 그대인가?"

어디선가 들어본 듯한 목소리였다.

"두려워할 것 없다. 나는 그대의 부름에 응해 이승에 내려온 존재."

뭐지? 이 익숙하면서 느끼한 목소리는?

"내 이름은 제럴드. 너그러운 신 제럴드라고 한다."

그 소리에 고개를 들어 보았다. 금발의 남자가 순백의 슈트를 입고 한쪽 옆으로 돌아선 채 손으로 머리를 짚고 있었다. 눈에 익은 흰 구두, 순백의 슈트, 찰랑찰랑한 금발. 거기에 옆으로 돌아서서 손으로 머리를 짚고 있는 저 포즈까지.

"그대와 나는 운명으로 이어진 상대. 나는 그대의…"

"저 아저씨."

"나를 만나 반가운가? 그렇다고 해도 잠시만 기다려라. 운명에 의해 나와 연결된 자."

"아저씨, 노기한 아저씨."

재차 이름을 불렀다.

"나는 노기한이 아니다. 제럴드, 너그러운 신 제럴드."

남자는 손을 내리고 그제야 이쪽을 돌아보았다. 그리곤 그 자리에 털썩 주저앉았다.

"또 너냐?"

"안녕하세요. 아저씨. 헤헤."

미안한 얼굴로 손을 들어 인사했다. 혹시라도 강신굿을 하다가 해수 차사가 일하던 중간에 끌려오면 혼나니까 그보다 낮은 강령굿을 했는데 노기한이 끌려왔다.

"뭐 한 거냐?"

"강령굿 연습했는데 어떻게 아저씨가…"

"아, 그렇게 된 거군."

노기한은 그 말에 뭔가를 알게 된 듯한 표정을 짓더니 고개를 떨구었다.

"그렇다니 뭐가요?"

"지난번 네가 날 소환했을 때 계약은 안 했지만, 그 영향으로 네가 소환하면 내가 소환되는 뭐 그런 관계가 된 모양이네."

노기한이 머리를 감싸 안은 채 허탈하게 중얼거렸다.

"네?"

혼자 쭈그리고 앉아 중얼거리니 무슨 소리인지 알아들을 수가 없었다. 노기한이 고개를 획 돌려 쳐다보았다.

"무슨 말이냐 하면, 너 광주는 알지?"

"네. 내림굿하면 광주가 열린다고 했어요."

"그게 전문용어로 비프로스트라고 하는데."

"비프로스트? 아, 바이프로스트. 저 그거 알아요. 헤임달이 관리하는 거 맞죠?"

영화에서 본 거라 자신 있게 대답했다.

"그건 아스가르드 애들이 툭하면 이승에 놀러 오니까 그거 못 하게 하려고 오딘이 만든 거고. 다른 데는 그런 거 없어.

하여간 이 비프로스트가 만들어지면 현세와 영계 양쪽에 흔적이 남아."

노기한이 앉은 채 날 바라보았다.

"영화에서 본 것같이 풀이랑 바닥이 타서 자국이 남는 그런 거요? 나 할 때는 그런 거 없었는데."

"그건 영화고. 영계에서 한 일은 현세에 물리적인 흔적을 남기지 않아. 대신 영적인 흔적이 남지. 사람과 장소 양쪽에. 영계도 마찬가지고."

노기한이 한숨을 쉬었다.

"아, 그런데 그게 왜요?"

눈을 둥그렇게 떴다. 내림굿도 안 했는데 그것하고 노기한하고 무슨 상관인지 알 수가 없었다.

"너 나 소환했잖아."

노기한이 빤히 쳐다보며 말했다. 그러니까 지난번 혜원이가 준 소환진을 말하는 듯했다.

"네, 뭐."

"그때 너랑 나 사이에 비프로스트가 생긴 거라고."

"그래요?"

"그러니까 내가 그때 내려온 거지. 그것 때문에 너하고 나한테 흔적이 남은 거고. 그래서 네가 강령굿을 하니까 내가 끌려온 거지. 한참 분위기 좋았는데 쓸데없는 데 끌려와서 이게 뭐람."

노기한이 투덜투덜하며 나를 째려보았다. 왠지 미안해졌다.

"네 할머니가 무당이랬지. 여기가 할머니 신당이냐?"

노기한이 일어서서 실내를 휘휘 둘러보며 물었다.

"네."

대답을 하자 노기한이 고개를 끄덕이며 신당 안을 이리저리 돌아다녔다.

"아까 비프로스트가 열린 장소에 영적인 흔적이 남는다고 했지?"

"네."

"할로우 포인트라고 영기가 강한 장소가 있는데, 비프로스트 흔적이 남은 곳도 할로우 포인트가 돼. 네 할머니 내림굿 여기서 하셨어? 여기 영기가 장난이 아닌데."

그 말에 새삼 주위를 둘러보았다.

"할머니 신당이니까 여기서 하셨을걸요? 저는 여기서 했어요."

"네 할머니 내림굿 몇 번이나 하셨냐?"

"저까지 열세 번일걸요?"

"그래, 흠."

노기한이 고개를 끄덕이며 턱을 쓸었다.

"여기서 한 게 좋은 거예요?"

"영기가 충만한 곳일수록 무당에게는 좋지. 비프로스트가 열 번 이상 열린 이곳 정도면 어설픈 무당도 족집게가 될 거야. 너 나중에 이 집 반드시 물려받아라."

노기한이 날 보며 의미심장한 눈빛으로 말했다. 엄마는 신기가 없으니 물려받으면 내가 물려받게 되겠지만, 아직 무당이 되겠다고 마음먹은 게 아니라서 뭐라고 대답하기가 애매했다.

"그런데 강령굿은 왜 한 거냐?"

"아, 그게 그냥 한번 해본 거예요. 그냥."

그 말에 노기한이 머리를 감싸 쥐며 바닥에 털썩 주저앉았다.

"그냥 한 거였어. 그냥. 100일 동안 쫓아다닌 레이디와 겨우 차 한잔 같이할 기회를 얻었는데, 그냥 한 거에 끌려온 거였어. 그냥."

노기한은 고개를 푹 떨구고 바닥에 뭔가를 끄적거리며 중얼중얼했다. 그 모습에 왠지 더 미안해졌다.

"중요한 분이었어요?"

"아니, 안 중요해. 그냥 해본 강령굿에 끌려올 정도로 안 중요해."

계속 구시렁거렸다.

"저 화나셨어요?"

"아니."

노기한은 등을 보이고 돌아앉았다.

"죄송해요."

"광주 타서 좋다고 왔더니 차사님이 신장인 애한테 오지를 않나. 레이디랑 데이트하다 그냥 해본 강령굿에 끌려오질 않나. 안 그래도 요새 신장 경쟁률 장난 아닌데. 이래서 신장이나 될 수 있을지…"

노기한은 돌아앉은 채 우는지 어깨를 들썩였다. 금발 머리가 출렁거렸다. 어쩐지 더 미안해졌다.

"저 할머니한테 내림굿할 제자 있는지 알아봐 드려요?"

그 말이 채 끝나기가 무섭게 노기한이 와락 내 손을 잡았다. 두 눈을 반짝이며 바싹 얼굴을 들이댔다.

"정말? 네 할머니 내림굿할 제자 있대?"

"저도 물어봐야 돼요. 잘은 모르지만 있을지도."

손을 잡아 빼려고 하면서 대답했다.

"꼭, 꼭 좀 물어봐 줘. 무당 될 사람과 내림굿할 무당 이름하고 사주 알면 사전 등록이 가능하거든. 그것만 해주면 내가 뭐든지 해줄게."

노기한이 더 힘껏 손을 잡으며 부탁했다.

"할머니한테 물어볼게요. 근데 그거 알려주면 뭐 해주실 건데요?"

알아봐 준다는 말에 신이 났는지 노기한이 물었다.

"뭐 해줄까? 뭐, 필요해?"

"가는 게 있으면 오는 게 있어야죠. 이를테면 돈이라든가 뭐 그런 거요?"

손가락으로 동그라미를 만들어 보였다.

"얼마? 얘기하는 투가 푼돈은 아닌 것 같고."

"예를 들면 로또 1등 번호라든가."

양손 끝을 톡톡 부딪치며 눈치를 봤다.

"안 돼."

노기한이 딱 잘라 거절했다.

"왜요?"

"로또 1등은 천기라 안 돼."

절대 안 된다는 듯 금발 머리를 세차게 저었다.

"그럼 2등?"

"2등도 안 돼. 로또는 4등이 한계야."

노기한이 손가락 네 개를 펼쳐 보였다. 그러면서 목을 긋는 시늉을 했다.

"에계, 겨우 4등."

"4등도 다섯 개 이하로 사야 천기에 안 걸려."

"칫, 뭐야."

투덜거렸다. 노기한도 차사님과 같은 얘기를 했다. 둘이 같은 소리를 하는 걸 보면 로또는 4등 다섯 장이 한계인 모양이었다. 노기한이 헛기침을 하며 내 어깨를 툭툭 쳤다.

"잔머리 굴리지 말고 무당 일해서 성실하게 벌어. 나를 두 번이나 소환한 거 보면 소환에는 자질이 있는 거 같은데. 너 마나(Mana) 다룰 줄 알아? 영기 말이야."

"영기는 아는데 어떻게 하는 건데요?"

"간단하게는 뭐 이렇게."

노기한이 허공에 손을 젓자 빛으로 그림이 그려졌다.

"영기를 다룰 줄 알면, 점을 치거나 굿을 할 때 도움이 되거든. 점도 정확해지고, 굿도 효과가 세지지."

그렇게는 아닌데 좀 전에 강령굿할 때 뭔가 따라 움직이는 게 느껴지기는 했다. 노기한이 말했다.

"해봐."

정신을 집중하고 부채를 허공에 휘저었다. 부채를 따라 약한 기운이 퍼져나갔다.

"소질이 없지는 않네. 좋아. 영기 다루는 법을 가르쳐주지. 그 대신 너는 꼭 할머니한테 물어보고 내림굿할 제자랑 할머니 이름하고 사주 알려줘야 된다."

"네."

"약속."

노기한이 내민 손가락에 내 손가락을 걸었다. 그러자 노기한이 새하얀 이를 드러내며 환하게 웃었다.

4월 5일

해수

지저귀는 새소리에 눈이 떠졌다. 익숙한 천장이 눈에 들어왔다. 어제는 오랜만에 이 방에 돌아와서인지 좀 어색했는데. 몸을 반쯤 일으키고 앉아 창의 커튼을 젖혔다. 마당의 잔디가 그새 파릇파릇 싹을 틔우고 있다. 출근 준비를 마치고 옷장에서 검은색 양복을 꺼내 입었다. 거울 앞에서 넥타이를 맸다. 현관 거울에 비친 모습이 아직은 약간 어색했다.

현관에서 구두를 신은 뒤 집을 나섰다. 검은 대문을 닫고 골목을 걸었다. 길에 저벅저벅 발소리가 울려 퍼졌다. 머리 위로 흘러가는 구름, 머리칼을 흩트리고 지나가는 바람, 귀에 들리는 새소리가 모두 정겨웠다. 대로변으로 나와 전철역으로 향했다. 홈으로 전철이 들어오자 타고 안으로 들어갔다. 손잡이를 잡고 서서 창밖으로 친근하게 흘러가는 풍경을 보았다.

건물들 옆을 스치듯 달리던 전철이 철커덩철커덩 속도를 떨어뜨렸다. 이제 전철은 강 위를 달리고 있었다. 강기슭에 피어난 꽃들이 바람에 하느작거렸다. 모든 꽃들이 한꺼번에 피어난 듯 강가는 색색으로 어우러져 있다. 강물은 바람이 불 때마다 일렁이며 부서졌다. 넘실거리는 강물 위를 새가 끼룩거리며 날아갔다. 원을 그리며 구름 속으로 사라졌다. 아침 햇살이 찬란하게 물 위로 퍼졌다. 문에 몸을 기대고 서서 바깥 풍경을 바라보았다. 아, 하고 나도 모르게 입에서 탄성이 터져 나왔다. 오랜만에 보는 풍경이 새삼스러웠다. 수백 년 동안 매일 전철을 타고 출근하던 길이 이토록 멋진 풍경이었다니. 그동안 나는 무엇을 보며 지나다녔던 것일까. 전에 없이 가슴이 뛰며 일에 대한 의욕이 솟아났다. 모처럼 일상의 소중함을 깨달았다고 할까. 전철은 한참을 달려 목적지인 역에 도착했다. 늘 하던 대로 카페에 들러 커피를 주문했다. 종업원이 머신에서 커피를 내렸다. 치익. 이승에서와 같이 증기를 뿜으며 커피가 잔에 떨어졌다.

"커피 나왔습니다."

종업원이 내민 커피를 받아 들었다. 아무런 온기도 향기도 나지 않았다. 원영이 내린 커피가 생각나 아쉬웠다. 하지만 저승이니 어쩔 수 없었다. 정 아쉬우면 이따 여자아이에게 가서 커피나 한잔해야겠다. 그러다 나도 모르게 머리를 저었다. 자리 비운다고 해놓고선 바로 다시 가려니까 조금 멋쩍었다. 건물로 들어가 엘리베이터 앞에 섰다. 엘리베이터가 내려오는 걸 보며 무슨 적당한 핑곗거리가 없을까 고민했다. 엘리베이터의 문이 열리자 올라타 4층을 눌렀다.

사무실로 들어가 자리에 앉았다. 컴퓨터를 켜고 업무를 확인했다. 핸드폰에서 알람이 울려서 보자 문규가 보낸 메시지가 들어와 있다. 어느 해변을 배경으로 화정과 같이 찍은 사진을 보냈다. 이어 전화가 울렸다. 문규였다.

"잘 놀면 됐지 전화는 왜?"

"그냥. 너 잘하고 있나 해서."

문규가 큭큭거렸다.

"차사 일에 잘하고 못하고가 어딨어. 정해진 시간에 가서 망자 모셔오면 되는 거지. 환절기라 어르신 건들 몇 건이 다지 뭐. 요즘은 특별히 바쁜 시기는 아니잖아."

의자에 기대앉으며 말했다.

"바쁠 때였으면 팀장이 휴가 주지도 않았지. 그나저나 너 때문에 휴가도 다 가보고, 고맙다."

"괜찮아. 나중에 나도 부려먹을 거니까."

"그래. 어 화정이가 부른다. 수고하고. 갈 때 선물 사 갈게."

"됐어. 화정이나 잘 챙겨."

전화를 끊고 컴퓨터의 일정과 핸드폰의 일정을 비교했다. 중간에 커피 한잔할 시간은 충분했다. 흠. 턱을 만졌다. 첫 번째 일까지 시간 여유가 있다. 하지만 오늘은 평일이라 여자아이가 학교에 갈 시간이었다. 어떡하나 하는데 책상 위의 전화가 울렸다. 동방 팀장의 번호였다. 동방 팀장은 저승에서 조사를 담당한다.

"해수 차사신가."

"네. 팀장님."

"어떻게 바쁘시지 않으면 같이 차라도 한잔하실 수 있겠나?"

"네, 지금 올라가겠습니다."

자리에서 일어나 걸음을 옮겼다. 사무실의 이곳저곳에서 동료들이 담소를 나누고 있다. 이맘때가 한가한 건 사실이었다. 계단을 올라가 동방 팀장의 방문을 열고 들어갔다. 동방 팀장과 안경을 쓴 팀원이 앉아 있었다.

"앉으시게."

"네."

동방 팀장이 권하는 자리에 앉았다. 안경을 쓴 팀원이 찻잔에 차를 따라 내 앞에 놓았다.

"어떻게 잠깐 일을 다시 보신다고?"

"네. 동료 둘이 잠시 비운 자리를 대신해 주고 있습니다."

"휴가를 갔다고?"

"네. 팀장님 귀에까지 들어간 걸 보니 회사에 소문이 났나 봅니다."

"허허, 휴가라니. 저승도 많이 변했나 보네."

동방 팀장은 웃으며 차를 권했다. 삼천갑자를 살아 넉넉하고 인자한 할아버지의 얼굴이었다. 권하는 대로 함께 차를 마셨다.

"그간 별일은 없으셨고?"

"네. 별일 없었습니다. 신장들과 흡혈귀가 여자아이와 같이 있다 보니 어설픈 악령이나 마물은 근처에 얼씬도 안 하나 봅니다."

다행이라는 듯 동방 팀장이 고개를 끄덕였다.

"그 아이는 부모와 친구가 죽을 뻔한 일을 겪었는데 힘들어하지는 않던가?"

걱정스러운 표정으로 물었다.

"천성이 밝은 아이라 오래 힘들어하지는 않았습니다. 주변 친구들도 밝은 아이들이라 그게 많은 도움이 되는 것 같습니다."

"그 아이는 복이군. 힘든 일은 겪지만 주변 사람들이 돌봐주니 다행이네."

동방 팀장의 말과 같이 여자아이와 친구들은 다들 밝은 성격들이었다. 드라큘라와의 싸움 뒤에도 며칠 안 지나 서로 먹을 걸 가지고 다투는 등 평소의 모습으로 돌아갔다. 다만 백원영은 제 손으로 동족을 죽였다는 죄책감 때문인지 한동안 말수가 줄었었다. 하지만 여자아이와 그 친구들과 같이 어울리며 예전의 모습을 되찾았다. 그런 모습을 보며 상처는 함께 보듬어주고 헤쳐나가는 게 낫다는 걸 깨달았다.

"팀장님. 한 가지 여쭤볼 게 있습니다."

"말씀해 보시게."

"요즘 호환이 원인인 명부들이 나오고 있는데 아시는지요?"

문규가 얘기한 호환으로 죽은 망자의 명부를 핸드폰에 띄워 보여주었다.

"나도 들었네. 이 땅에 여우라고는 동물원에 있는 여우가 다인데. 호환이라니, 신기한 일이지."

"그러게나 말입니다."

"그렇다고는 해도 정상적으로 명부가 나오는 걸 보면 천기를 어지럽히는 일은 아니라 사자가 개입할 건은 아니라고 생각됩니다."

안경을 쓴 팀원이 끼어들었다. 동방 팀장이 머리를 끄덕였다.

"맞는 말이네. 명부가 정상적으로 발행되면 천기를 어지럽히는 일은 아니지. 천기를 어지럽히지 않는 한 차사가 개입할 수 없는 일. 그렇다고는 해도 이 땅에서 사라진 여우가 사람을 해치는 것은 이상한 일이지. 개입할 수 없는 거지 조사할 수 없는 건 아니니, 한번 알아보겠네. 해수 차사도 호환에 대한 소식 들으면 알려주시게나."

"예."

대답하며 시간을 보았다. 첫 번째 일을 보려면 지금 가야 했다.

"저는 그만 일어나 봐야겠습니다."

"그러시게. 수고하시고."

"예, 그럼."

동방 팀장에게 인사를 하고 방을 나왔다. 건물을 벗어나 외선을 타러 전철역으로 향했다.

중학생 세 명이 전동 보드 한 대에 올라타 달리고 있다. 아이들은 내리막길에서 있는 대로 속도를 냈다. 전동 보드는

한 대에 한 명만 타야 하고 탈 때는 헬멧을 써야 하는데, 아이들은 세 명이 한 대에 올라타고 누구도 헬멧을 쓰고 있지 않았다. 내리막길 아래 횡단보도의 보행 신호가 깜박거리며 빨간색으로 바뀌었다. 그러나 아이들은 속도를 줄이지 않았다. 오히려 더 빨리 가라고 뒤의 아이가 소리를 질렀다. 전동 보드는 빠른 속도로 횡단보도로 들어섰다. 전동 보드를 본 승용차가 놀라서 급하게 브레이크를 밟았다. 아이들은 멈춰 선 차 앞을 순식간에 지나갔다. 그때 1차선으로 빠르게 달려온 픽업트럭이 아이들이 탄 전동 보드를 들이받았다. 아이들이 보드에서 튕겨져 나갔다. 사고로 당황한 픽업트럭 운전사가 실수로 엑셀을 밟아 차가 앞으로 튀어 나갔다. 차량은 그대로 아이들을 밟고 지나갔다.

쓰러진 아이들의 몸에서 영혼이 떠올랐다.

"박주원, 박주원, 박주원."

한 아이의 영혼이 끌려왔다. 어리둥절한 표정이었다.

"윤지호, 윤지호, 윤지호. 김도윤, 김도윤, 김도윤."

폰의 명부를 보며 아이들의 이름을 세 번씩 불러 영혼들을 모았다.

"뭐야 이거?"

아이들은 어떻게 된 일인지 몰라 어리둥절한 표정으로 서로를 쳐다보았다.

"박주원, 윤지호, 김도윤. 여러분은 2020년 4월 5일 9시 24분 50초에 사망했습니다."

"엥? 뭐? 사망?"

"뭐야 나 죽은 거야?"

"야 씨발 나 죽었냐?"

"그걸 내가 어떻게 알아. 씨발."

갑작스러운 사고로 죽은 사람들은 대부분 자신의 죽음을 쉽게 받아들이지 못한다. 아이들도 역시 마찬가지였다.

"여러분은 방금 전 교통사고로 사망했습니다. 저기."

손으로 아이들의 시신을 가리켰다.

"저게 뭐?"

아이들 중 하나가 시비를 걸듯 대꾸했다. 아마도 아이들 중 대장인 듯했다.

"저게 여러분들의 시신입니다. 가운데 검은 옷이 지호 군의 시신입니다."

"엥?"

지호라는 아이는 자신의 옷과 도로에 엎어진 시신의 옷을 번갈아 쳐다보았다. 그리곤 자신이 죽었다는 사실을 그제야 깨달은 듯 낭패한 표정을 지었다.

"아 씨발."

"뭐야, 지호 너 죽은 거야? 저거 너 맞아?"

"봐 씨발. 저 ○○ 티에 XXX 운동화. 아, 씨발. 저거 어제 경수한테 뺏은 건데."

"아, 씨발. 그럼 저기 오른쪽이 나야? 왼쪽이 주원이고?"

"맞네. 너랑 나. 옷이랑 신발이랑."

자신들이 죽었다는 사실을 알게 되자 아이들은 화를 내었다. 그리곤 그 원인을 서로에게 돌리며 싸우기 시작했다.

"씨발, 도윤이 네가 제대로 몰았으면 이렇게 안 되었잖아."

"씨발, 그게 왜 내 탓이야. 주원이 네가 밟으라며?"

"내가 왜. 셋이 같이 타자고 한 건 지혼데."

"애초에 주원이 네가 애들 삥 제대로 뜯었으면 셋이서 한 대를 타지 않았어도 됐잖아."

"셔틀 병신이 징징 울면서 돈 없다고 하니까 지호 네가 오늘은 봐주자며? 그 새낀 맨날 돈 없다고 징징대는데 패면 돈 나왔거든?"

"그럼 네가 패면 됐잖아. 네가 언제 내 말 들었냐?"

"씨발, 너 말 다했냐?"

아이들은 금방이라도 서로 주먹다짐을 할 기세였다.

"얘들아. 원인은 나중에 따지고 일단 저승으로 가자."

"씨발 넌 뭐야. 빠져."

아이들을 달래어 인솔하려고 하는데 지호라는 아이가 나를 쏘아보며 소리를 질렀다.

"얘들아. 일단은 저승으로 가서…"

"아, 씨발. 빠지라고, 좆같은 새끼야. 네가 뭔데 이래라저래라야."

"저건 뭐야?"

한 아이가 날 향해 턱짓을 했다.

"몰라. 아까부터 똥폼 잡고 서서."

아이들의 반응이 생각보다 거칠었다. 조용히 데려가기는 틀린 것 같았다. 모처럼 차사 일에 의욕을 느끼고 있는데 녀석들은 진짜 말을 안 들었다. 그냥 잠자코 순순히 따라와 주면 좋을 텐데. 하긴 살았을 적에 제멋대로인 사람은 죽어서도 마찬가지다. 저승에 데려가면 문제를 일으키고 속 썩이는 게 이런 부류들이다. 그래서 신도 착한 사람을 먼저 데려간다. 하아 한숨을 쉬며 명부를 내려다보았다. 명부에는 망자의 이름과 시간, 사인만 나와 있다. 이런 인적 사항 말고 망자의 성격 같은 정보가 더 있었으면 미리 대비할 텐데 하는 생각이 들었다. 잠깐 이런 생각을 하는 사이 아이들은 금방이라도 싸울 것처럼 다시 분위기가 험악해지고 있었다.

"너 눈 안 깔아? 뒤질래?"

지호라는 아이가 화를 참지 못하고 다른 아이에게 주먹을 날렸다. 재빨리 아이의 어깨를 뒤에서 잡아당겼다.

"그만해. 얘기는 나중에 하고…"

"빠지라니까, 씨발."

아이가 눈을 번득이며 순간 주먹을 날렸다. 화를 주체하지 못했는지 눈이 돌아가 있었다. 아이가 달려드는 힘을 이용해서 바닥에 패대기쳤다. 버둥거리는 아이의 목을 발로 밟았다. 아이가 발을 밀어내려고 몸부림을 쳤다. 힘을 주어 더 세게 아이의 목을 밟아 눌렀다.

"뭐야, 씨발."

"조져."

그래도 한편이라고 대장을 구하기 위해 나머지 두 아이가 달려들었다. 순식간에 두 아이의 목을 잡아 치켜들었다. 영은 숨이 막히지 않는데 아이들은 아직 살았을 때의 기억이 강해 컥컥거리며 숨 막히는 듯 몸부림을 쳤다. 손에 든 아이 둘을 바닥에 내팽개쳤다. 발밑에 깔린 아이들의 목덜미를 잡아 바닥에 꿇어 앉혔다. 내 거친 대응에 아이들은 주눅이 든 눈치였다.

"아저씨. 우리 촉법이야. 우린 뭔 짓 해도 처벌 안 받지만 아저씬 우리 때렸으니까 좆 된 거야.”

대장인 듯한 아이가 기죽기 싫었는지 쏘아보며 거칠게 내뱉었다.

“촉법소년? 저승에는 그런 거 없어. 게다가 난 저승사자고 너희는 그냥 혼령이야. 너희들 깽판 친 게 한두 번 아닌 거 같은데 맘에 안 들면 덤벼봐. 너희가 악령으로 변해서 처리했다고 하면 되니까 아예 죽여버리게. 해봐.”

눈을 부릅뜨고 한 발 다가가자 아이들은 흠칫 놀라 몸을 떨었다. 갈수록 아이들의 버릇이 없어지고 있다. 간혹 이 아이들처럼 자신들은 촉법소년이라고 무슨 일을 벌여도 처벌받지 않는다고 달려드는 아이들이 있다. 하지만 예상과 다른 내 거친 반응에 기가 죽어 아이들은 눈치를 보았다.

“일어나.”

그 말에 아이들이 재빨리 일어섰다.

“따라와.”

아이들은 서로 눈치를 보며 모두 말없이 따라왔다.

아이들을 저승에 넘기고 학교로 내려왔다. 옥상에서 망보던 장군이 차렷 자세를 하고 인사를 했다.

“차사님, 오셨습니까.”

"개똥인 어디 가고?"

"형님은 오늘 굿이 있어서."

장군이 눈치를 보며 말했다. 여자아이를 지켜보는 일을 아기동자에게 맡겼는데 와서 보면 장군인 경우가 대부분이었다.

"너넨 일 없어?"

"제니가 MZ세대는 너튜브가 대세라고 오프는 안 하고 너튜브만 하고 있지 말입니다. 늦은 밤 점치는 방송 시간에만 바쁩니다. 제니가 MZ세대지 말입니다."

MZ세대가 뭔지는 모르겠지만, 여자아이가 내림굿을 받기 전까지는 할머니의 제자들 중에서 장군 신장의 무당이 제일 막내라고 애교를 부렸다고 했다.

"너 말투가 변한 것 같다?"

"제니가 이런 말투가 좋다고 해서 말입니다."

장군이 멋쩍은 듯 머리를 긁적거렸다.

"그래, 별일 없고?"

"예, 그런데 그게…"

장군이 뭔가 말을 하려다가 멈칫했다.

"왜? 무슨 일 있었어?"

"그러니까…"

장군이 잠시 망설이더니 입을 열었다.

"그게 말입니다. 학교에 막 도착했을 때 약간 께름칙한 기분이 들었었습니다. 폐가나 그런 데 들어갔을 때 느껴지는 그런 기분 말입니다."

"그런데?"

"그런 게 있었는데 바로 없어졌습니다. 뭔가 있는데 놓친 건가 해서 학교를 샅샅이 뒤져봤는데 아무 이상도 없지 말입니다."

장군의 말을 들으며 고개를 끄덕였다. 뭔가 이상한 기척이 있었으면 나도 알았을 것이다. 하지만 지금껏 아무런 기척을 느끼지 못했다.

"학교가 그렇잖습니까. 애들을 모아놓고 싫은 일들을 시키니 사념들이 많이 생기지 않습니까. 아마도 지나던 귀신이 그런 사념에 잠깐 끌려왔나 봅니다."

장군이 얼굴의 긴장을 풀며 말했다.

"혹시 모르니까 계속 주시하고."

장군에게 이르고 교실로 내려갔다. 여자아이는 반듯한 자세로 앉아 있었다. 하지만 앞머리를 내려 눈을 가리고 있었다. 다가가 보니 아니나 다를까 눈을 감고 새근거리며 자고 있었다. 볼 때마다 놀랍지만 어떻게 저렇게 자세 하나 흐트러지지 않은 채로 졸 수 있는지 신기했다.

"강혜수! 일어나!"

여자아이의 귀에 대고 소리쳤다. 여자아이의 눈이 떠졌다.

"남들에게 안 들린다고 소리 지르지 말아요. 깜짝 놀랐잖아요."

여자아이는 졸던 자세 그대로 눈만 뜨고 사념으로 대답했다. 예전에는 조는데 소리를 지르면, 놀라서 허둥대다 선생님에게 걸리곤 했는데 이제는 놀라지도 않았다.

"넌 어떻게 수업 시간마다 조냐?"

"차사님도 수학 시간에는 도망갔잖아요."

"그거야…"

딴청을 피웠다. 수학은 무슨 얘기하는지도 모르겠고 따분하기만 했다.

"저는 수업 시간은 전부 수학 시간하고 같다고요. 재미없고 따분하고 졸린다고요."

여자아이는 또다시 슬슬 눈을 감았다.

"너 또 졸려고?"

"저녁에 낼 작업 준비해야 돼요."

여자아이가 스르르 눈을 감았다. 뻔뻔한 건지 생각이 없는 건지. 다른 아이들은 고3이라고 작년과 달리 수업에 집중하고 있다. 하지만 여자아이는 천하태평이었다.

"이따 커피 한잔하러 올게."

"어떤 거요? 진한 거요? 아님 달달한 거?"

여자아이가 눈을 감은 채 재잘거렸다. 아까 애들 때문에 스트레스받았더니 단 게 땡겼다.

"달달한 거. 카라멜 마키아또."

"네. 점심 먹고 사 갈게요."

"그래."

수업 중인 교실을 나왔다. 점심 시간까지 시간을 보내려고 근처 산의 신령을 찾아갔다. 숲의 나무들이 쏴아아 하며 바람결에 파도가 치는 듯한 소리를 냈다. 신령은 여느 날처럼 산 정상의 나무 꼭대기에 바둑판을 두고 앉아 있었다. 무슨 생각을 골똘히 하는 듯 손으로 수염을 쓰다듬었다. 내가 다가가자 신령이 반갑게 맞아주었다.

"며칠 일 보러 간다고 하시더니."

"예, 잠시 시간이 나서 들렀습니다."

"일 보시는 곳이 멀지 않으신가 보군."

"네. 근처 양주, 가평 부근입니다. 그래서 들를 수 있었습니다."

웃으면서 고개를 주억거렸다.

"어떻게 한판 두실 시간이 되시는가?"

"그러시죠."

신령의 맞은편 자리에 앉았다.

"별일 없으셨지요?"

"이런 작은 산에 별일이라는 게 있겠는가. 중턱에 있는 박새 둥지에서 새끼들이 나오는 정도의 일밖에 없지. 저승은 요즘 어떤가?"

"저승도 늘 그렇죠. 호환으로 죽은 명부가 나오는 것 정도죠."

"호환이라."

"네. 여우 때문에 죽는 사람들이 나온다고 합니다."

"호환이라. 오랜만에 들어보는군."

"그러게요. 먼저 두겠습니다."

손으로 돌을 집어 들고 바둑판에 놓았다. 딱 하는 경쾌한 소리가 들렸다. 그러자 산새가 화답이라도 하듯 낭랑하게 지저귀기 시작했다.

4월 6일

혜수

창창, 어디선가 들리는 칼 부딪치는 소리에 잠에서 깼다. 토요일 아침이었다. 침대에서 한껏 게으름을 피우다 바깥으로 나갔다. 정원에서 원영과 혜원이가 검술 연습을 하고 있었다. 정원 위로 햇빛을 가리는 천막이 처져 있고 그늘 아래서 한참 연습 중이었다. 혜원이는 지난번 싸움 이후로 원영에게 검술을 배우고 있는 중이었다. 무작정 드라큘라에게 덤벼들었다가 하마터면 죽을 뻔했다. 기지개를 켜면서 둘의 연습을 지켜보았다. 상대가 원영이라 실력 차이가 컸다. 혜원은 이를 악물고 달려드는데 원영은 한 손으로 여유롭게 상대를 하고 있다. 혜원이도 늘기는 했지만 원영을 상대하기에는 아직 역부족이다. 상대가 사람이 아니니 어떻게 보면 당연한 얘기였다. 드라큘라 사건 이후로 나는 할머니의 집에서 나와 원영의 집에 머물고 있다. 할머니가 일 때문에 집을 비우는 일이 많았고, 원영은 나를 좋아했다. 게다가 마물이 나를 노릴 시에도 할머니보다는 원영이 믿음직했다.

혜원이는 내가 원영의 집에서 지내게 되자 검술을 배운다고 매일같이 찾아왔다. 그러다 늦어지면 피곤하다고 자고 가기 일쑤였다. 그러더니 언제부턴가 아예 짐을 싸 들고 와 눌러앉았다.

"언니 일어났어요?"

원영이 이쪽을 돌아보며 여유 있게 한 손을 들었다.

"나왔냐."

혜원은 숨을 쉭쉭 몰아쉬며 어깨를 들썩였다. 그때였다. 잠깐 한눈을 판 사이 혜원이가 원영에게 달려들었다. 하지만 원영이가 피하는 바람에 공격이 빗나가며 혜원은 다리가 엇갈려 바닥에 나동그라졌다. 혜원은 풀 위에 드러누워 거칠게 숨을 내쉬었다.

"아침 운동은 이 정도만 하죠."

"아니 아직."

혜원이가 손을 내저으며 일어나려고 했다. 그러나 힘이 달리는지 다시 바닥에 드러누웠다.

"그래 그만하자."

그제야 포기했는지 숨을 헉헉거리며 혜원이가 대꾸했다. 원영은 혜원에게 칼을 받아 챙겼다. 그러면서 나를 돌아보았다.

"씻고 오세요. 저는 아줌마에게 아침 준비하라고 할게요."

그 말에 바닥에 누워 있던 혜원이가 후다닥 일어나 사라졌다. 맛있는 아침 생각에 좀 전의 힘든 모습은 사라지고 없었다. 나도 샤워를 하고 식당으로 들어갔다. 원영은 아침부터 와인을 마시고 있었다. 내가 자리에 앉자 아줌마가 아침을 차려주었다. 오늘 메뉴는 버섯 베이컨 말이였다. 내가 막 젓가락를 집어 드는데 혜원이가 들어왔다. 그러자 아줌마가 혜원이의 앞에 스테이크를 가져다 놓았다. 혜원이는 스테이크를 크게 썰어 입에 넣고 좋아했다.

"그건 뭐냐?"

혜원이가 스테이크를 우물거리며 내 앞에 놓인 베이컨에 관심을 보였다.

"버섯 베이컨 말이."

잽싸게 혜원의 포크를 막으며 대답했다. 원영과 훈련의 결과인지 혜원의 포크질이 예전보다 날렵했다. 그렇다고 순순히 당할 내가 아니다.

"많은데 하나도 안 되냐?"

"네가 할 소리는 아닌 거 같은데."

스테이크를 향하는 내 젓가락도 어느새 혜원의 나이프에

막혀 있었다. 막상막하. 팽팽한 대결이었다.

"뭐 좀 더 만들어 드릴까요?"

아줌마가 우리를 돌아보며 말했다.

"네!"

둘이 동시에 대답했다.

"아줌마 나 스테이크."

"아줌마 난 버섯 베이컨 말이."

나와 혜원은 천천히 서로의 포크와 젓가락을 거두며 자리에 앉았다.

아침을 먹고 간식을 사러 편의점에 들렀다. 고급 아이스크림이 들어 있는 냉장고를 열고 들여다보았다. 부적 장사가 잘되어 비싼 과자나 아이스크림을 먹고 싶은 대로 먹을 수 있었다. 비싼 아이스크림을 입에 물고 편의점을 나섰다. 원영이네로 가는 골목으로 접어드는데 갑자기 선득한 기분이 들었다. 문득 주변의 소리가 사라졌다. 무슨 일인가 하고 주위를 두리번거렸다. 하지만 조용한 것 말고는 평소와 다른 게 없었다. 고개를 갸웃했다. 다시 앞으로 걸어가는데 길 가운데 여자애가 서 있었다. 키가 작고 얼굴이 동그란, 귀엽게 생긴 여자애였다.

"강, 혜, 수?"

여자애는 고개를 갸웃거리며 내 이름을 한 음절씩 끊어서 불렀다. 처음 보는 아이인데 내 이름을 알고 있었다.

"내가 강혜수인데, 누구?"

"나 나코. 나코 강혜수한테 물어본다."

"물어본다니 뭘?"

"이거 봐야 한다."

여자애가 다가서며 핸드폰을 내 얼굴 앞으로 내밀었다. 화면에 어떤 중년 남자의 사진이 떠 있었다.

"강혜수, 이 사람 안다?"

어색한 말투. 외국인인가? 아 이름이 나코라고 했지. 아마도 사진 속 남자를 아는지 묻는 것 같은데 본 적 없는 얼굴이었다.

"모르는 사람인데? 본 적 없어."

나코라는 아이를 향해 고개를 저었다.

"그럼 강혜수. 이 사람 안다?"

내가 생각하는 게 맞았는지 여자아이는 화면을 넘겨 다른 사진을 보여주었다. 나코라는 아이처럼 귀여운 모습의 여자였다. 하지만 역시 본 적이 없는 얼굴이었다.

"아니, 몰라."

다시 고개를 저었다.

"강혜수. 사실대로 말한다. 이 사람 안다?"

여자아이가 바투 다가서며 물었다.

"사실이야. 몰라. 본 적 없어."

여자아이가 다가오자 한 발 뒤로 물러섰다. 두 눈을 크게 뜨고 억울하다는 표정을 지으며 또박또박 대답했다.

"나코, 강혜수 말 사실인지 확인한다."

여자애가 손을 뻗었다. 내 손을 잡으려고 하는 것 같았다. 그 순간 우리 사이로 검은 그림자가 뛰어들었다. 이어 칼이 맞부딪치는 소리가 났다. 그림자는 바이크 헬멧에 검은색 점퍼 슈트를 입고 내 앞을 막고 섰다.

"언니 괜찮아요?"

원영이었다.

"응. 괜찮아. 무슨 일이야?"

"결계예요. 갑자기 이상한 기운이 느껴져서 와봤더니."

원영은 양손에 검을 들고 여자애를 경계하고 있었다. 그 서슬에 나까지 긴장이 되었다. 여자애는 어느새 몇 걸음 뒤로 물러서 있었다.

"혈귀? 혈귀 밤에 다닌다. 낮, 혈귀 안 된다."

여자애가 조금 놀란 듯한 표정을 지으며 말했다. 그리곤 찬찬히 원영을 살펴보았다.

"나코 알았다. 혈귀, 어둠 감았다. 그래서 혈귀 낮에 다닌다. 나코 강혜수한테 물어본다. 혈귀, 막지 않는다. 혈귀 어둠, 나코 못 막는다."

여자애가 손을 활짝 펼쳤다. 그 순간 여자아이의 손가락 끝에서 길고 날카로운 손톱이 비어져 나와 햇빛을 받아 반짝였다.

"라이칸이냐? 케볼라는 라이칸의 발톱 따위가 뚫을 수 있는 게 아니지."

원영이 비웃는 투로 대꾸했다.

"나코 지저분한 라이칸 따위 아니다. 혈귀 500살? 나코 수련 9갑자. 수련 오래 했다. 나코 혈귀보다 강하다."

여자아이가 다시 양손을 옆으로 펼쳤다. 그러자 여자아이의 뒤로 강한 빛이 뿜어져 나왔다.

"구미호였군. 구미호가 여기에는 무슨 일이지?"

"나코 혈귀, 관심 없다. 나코 무녀 말 사실인지 확인한다. 혈귀, 나코 방해하지 않는다."

여자애가 더 강한 빛을 뿜어냈다. 자세히 보니 여자애의 뒤에서 9개의 꼬리가 환한 빛을 뿜어내고 있었다.

"무녀? 나?"

내가 손으로 날 가리켰다.

“그렇다. 무녀. 강혜수.”

“뭘 확인하는데?”

“나코 무녀 말 사실인지 확인한다.”

“나 사실대로 대답한 건데? 두 사람 본 적 없어.”

머리를 저으며 그렇게 말하는 순간 여자애의 손에서 빛이 뿜어져 나와 나를 감쌌다.

“언니!”

구미호의 갑작스러운 공격에 원영이 당황하며 소리쳤다. 그리곤 이내 몸을 돌려 여자애를 향해 칼을 휘둘렀다. 갑자기 빛을 뒤집어써서 나도 깜짝 놀랐다. 그런데 놀랐을 뿐 아무런 느낌이 없었다. 앞을 보자 여자애가 원영의 공격을 가볍게 피하고 있었다. 어찌나 몸놀림이 가벼운지 허공에 빛이 번쩍거리기만 했다. 잠시 후 여자애가 땅에 가볍게 착지하며 내려섰다. 그리곤 이내 손을 저어 나를 감싼 빛을 거둬들였다. 그제야 원영도 뒤로 물러나 내게로 다가왔다.

“언니 괜찮아요? 이상한 데 없어요?”

“괜찮은 거 같은데.”

원영의 말에 몸을 이리저리 둘러보았다.

“나코 확인했다. 무녀 말 사실이다.”

여자애는 빛을 뿜어내는 꼬리를 거둬들였다. 양손의 손톱이 사라졌다. 상대가 경계를 풀자 원영도 그제야 경계 자세를 풀었다. 그리곤 여자애를 향해 턱을 치켜들었다.

"무슨 일이냐?"

"나코, 사라진 아빠와 언니들 찾고 있다. 아빠와 언니 사념 쫓아 여기까지 왔다."

"사라진 아빠와 언니? 그런데 나는 왜?"

내가 고개를 갸웃했다. 사라진 나코의 가족과 내가 무슨 관계인지 그제야 궁금했다. 나코가 나를 보았다.

"무녀. 죽음 기운 강하게 느껴졌다. 아빠와 언니들 사념 여기까지 이어져 있었다. 영기 강한 자 있어 아빠와 언니 물어보려고 했다."

여자애는 이제 완전히 경계를 푼 듯 보였다. 서툰 우리말로 설명을 하려고 애쓰는 모습이었다. 나코라는 이름도 그렇고 교과서를 읽듯 어눌한 말투를 보면 이곳 사람이 아닌 것 같았다. 원영은 여자애의 말과 행동에 경계를 완전히 푼 듯 들고 있던 칼을 등에 멘 칼집에 넣었다.

"결계 때문에 귀찮은 일이 생길 수 있으니, 일단 자리를 옮기자."

그 소리에 여자애는 잠깐 망설이더니 이윽고 결계를 풀고 우리를 따라왔다.

"그러니까 어느 날 갑자기 아빠랑 언니들이 사라졌고, 사념이 우리 동네로 이어져 있었다. 그런데 거기에 죽음의 영기가 강한 내가 있어서 혹 구미호와 연관이 있나 해서 물어본 거다. 맞아?"

"맞다."

나코가 밝은 표정으로 대답했다. 나코는 우리와 함께 원영의 집으로 와서 얘기를 나누기 시작했다. 그리곤 다시 핸드폰에 들어 있는 아빠와 언니들의 사진을 보여주었다. 원영도 본 적이 없다고 고개를 저었다. 나코는 한숨을 폭 내쉬었다. 하지만 이내 원영의 집이 마음에 든 듯 일어나 이리저리 둘러보고 있다. 18세기 치펀데일의 우아하고 화려한 가구들로 꾸며진 거실에 마음을 빼앗긴 듯 보였다.

"아빠랑 언니들이 갑자기 사라져서 걱정되겠다."

"걱정 안 한다."

나코가 말했다.

"나코 강하다. 아빠랑 언니들 나코보다 강하다. 그래서 나코 걱정 안 한다."

"걱정돼서 찾는 거 아냐?"

"아니다."

나코가 고개를 흔들었다.

"무슨 일인지 궁금해서 찾는 거다. 걱정돼서 찾는 거 아니다."

까만 눈으로 말했다. 그러면서 원영을 돌아보았다.

"나코, 원영 집 좋다. 마음에 든다. 나코, 원영 집 있고 싶다. 나코 집 아파트 불편하다. 사람 너무 많다."

"그러면 2층에 빈 방 많으니까 그중에 하나 써요."

원영이 흔쾌히 승낙했다.

"정리하는 데 며칠 걸린다. 정리되면 연락한다."

"그래, 언니."

좀 전까지 살벌한 분위기였는데 금세 화기애애한 분위기로 바뀌었다. 내가 원영의 팔을 툭 쳤다.

"쟤 믿을 수 있을까? 좀 전까지 싸울 것 같았잖아."

집 안을 둘러보는 나코를 턱으로 가리키며 원영에게 말했다. 아직 잘 모르는 사람을 선뜻 집에 들이는 게 걱정되었다. 내 얼굴을 흘끔 보더니 원영이 큰 소리로 나코에게 물었다.

"나코 언니, 언니 우리랑 싸울 거야?"

"나코 안 싸운다. 혜수, 원영 친구다. 안 싸운다."

나코는 명나라의 꽃병을 들여다보며 돌아보지도 않은 채

대답했다. 그러자 원영이 배시시 웃으며 날 쳐다보았다.

"안 싸운다잖아요."

"그래도."

골목에 갑자기 나타나서 덤벼들었던 탓일까. 선뜻 믿음이 가지 않았다. 내가 하는 말을 들었는지 나코가 이쪽을 바라보았다.

"나코, 거짓말하지 않는다."

눈에서 강한 빛이 쏟아져 나왔다.

"거짓말 약한 사람들이 하는 거다. 나코 강하다. 거짓말 안 한다."

그 말에 내가 원영을 돌아보았다. 내 표정을 봤는지 원영은 그렇다는 듯 머리를 끄덕였다.

"나도 거짓말 안 하잖아요. 우린 거짓말 안 해요. 왜냐하면 우린 강하니까."

"우린 강하다… 니까?"

원영의 말을 나코가 따라 했다. 강하다는 말을 둘이서 입 맞춰 얘기하고 있다. 이런 거 잘 맞는 거 보면 역시 쟤들은 사람이 아니었다.

"여긴 뭐 하는 데냐?"

갑자기 옆에서 묻는 목소리가 들렸다. 놀라 돌아보니 어느새 왔는지 노기한이 서 있었다.

"오, 오셨어요? 여긴 무슨 일로?"

"무슨 일은. 너 수련 시간까지 안 와서 어디서 뭐 하나 하고 와봤더니."

노기한이 얘기하며 주변을 둘러보다가 원영을 보고는 눈이 휘둥그레졌다. 그리곤 재빨리 원영에게 다가가 한쪽 무릎을 꿇었다.

"나는 제럴드. 너그러운 신 제럴드라 하오. 아름답고 고귀한 그대. 그대의 이름을 알 수 있는 영광을 내게 내려주시길."

노기한이 원영에게 손을 내밀며 말했다.

"미나예요. 미나 블러드."

원영이 노기한의 손을 잡으며 다른 손으로는 입을 가리고 미소를 지었다.

"블러드면 트란실바니아의?"

노기한은 놀란 듯 원영의 말에 눈을 크게 떴다.

"네. 바로 그 블러드."

원영이 고개를 옆으로 돌리며 볼을 붉혔다. 그 둘의 모습을 보자 내 몸이 근질거렸다. 어떻게 저렇게 오글거리는 대사를 아무렇지 않게 하지? 어느새 옆으로 다가온 나코를 돌아보았다.

"너무 느끼하지 않냐. 저런 대사."

"아니, 나코 좋다."

나코가 두 눈을 동그랗게 뜨고 나를 보았다.

"좋아? 저게?"

"레이디 존중해 주는 거 좋다. 요즘 레이디 존중해 주는 사람 볼 수 없다. 저런 에티켓 찾아볼 수 없다."

나코를 보고 노기한이 어느새 옆으로 쓱 다가왔다.

"나는 제럴드. 너그러운 신 제럴드라고 하오. 내게 아름다운 그대의 이름을 알 수 있는 영광을."

노기한이 다시 한쪽 무릎을 꿇고 손을 내밀었다. 오글거리는 대사에 내가 몇 발짝 물러났다.

"셀린. 셀린 드 포레."

나코는 살며시 자신의 손을 노기한의 손에 얹었다.

"마드모아젤 셀린. 만나서 영광입니다."

노기한이 나코의 손에 입을 맞췄다. 그 행동이 좋은지 나코의 볼이 빨개졌다. 노기한은 그제야 어슬렁거리며 내게로 다가왔다.

"넌 이런 좋은 곳 놔두고 왜 그런 칙칙한 데서만 불러냈냐?"

타박하듯 말하다 원영과 나코를 돌아보며 손 키스를 날렸다. 그런 노기한의 행동에 다시 원영과 나코가 볼을 붉혔다. 둘의 모습을 보며 아차 했다. 외모 때문에 깜빡 잊고 있었지만 원영은 500살, 나코는 540살이 넘은 할머니, 아니 조상님들이었다. 나이를 생각하자 노기한의 오글거리는 올드한 멘트를 좋아하는 게 이해가 되었다.

"할로우 포인트가 수련하는 데 좋다면서요. 그래서 할머니 집에서 한 건데."

"여기도 할로우 포인트잖아."

노기한이 빙그르르 돌며 손을 활짝 펼쳤다.

"여기요? 여기가 할로우 포인트라고요?"

놀라 물으며 원영을 보았다.

"맞아요, 할로우 포인트. 뱀파이어는 영기가 강한 곳에 자리 잡지 아무 데나 자리 잡지 않아요."

원영이 미소를 지으며 살랑살랑 손을 흔들었다.

"나코 그래서 여기 있겠다고 한 거다."

당연한 거 아니냐는 표정으로 나코가 얘기했다.

"너 여기 할로우 포인트인지 몰랐냐?"

노기한이 한심한 표정으로 날 쳐다보았다. 뭐라고 할 말이 없어서 머뭇거렸다.

"언니, 그런 거 둔해요. 제가 뱀파이어인 것도 몰랐는데요."

원영이 말하면서 웃었다.

"혜수, 아까 결계 몰랐다. 나코 구미호도 몰랐다."

이번에는 나코가 옆에서 거들었다. 예쁜 얼굴로 묵직한 팩폭을 아무렇지도 않게 날리는 것을 보면 둘 다 마물이 맞았다.

"심각한데. 너 진로 다시 생각해 봐야 하는 거 아냐?"

노기한이 의심스럽다는 듯 물었다.

"아니, 그게."

순간 당황했다.

"하긴 영기 느끼는 게 돈 되는 건 아니니까."

노기한이 손바닥을 탁탁 털며 말했다.

"네. 그렇죠. 네?"

기가 죽어 있다가 놀라 노기한을 바라보았다.

"그렇잖아. 영기 느낀다고 돈이 되는 건 아니잖아. 돈 되는 건 점하고 굿인데. 날 두 번이나 소환한 걸 보면 굿은 잘할 거 같고, 부적 장사도 하잖아. 어차피 부적은 효과가 중요하니까 프린트해도 상관없는 거고. 영기 효과를 룬으로 하는 거 보면 아주 기발해. 음, 정말 기발한 아이디어야."

"그런가요? 헤헤."

분위기 반전에 칭찬까지 들어서 기분이 좋아졌다.

“그치. 그런데 지난번 보니까 대량생산하기에는 프린터 속도가 좀 느린 거 같던데.”

“안 그래도 어제 프린터 빠른 걸로 설치했어요.”

“좋아. 필요한 부분에 과감한 투자. 아주 좋은 자세야. 그런 자세면 짧은 시간 안에 대성할 수 있을 거야. 역시 내가 사람 보는 눈이 있어.”

노기한은 흡족한 얼굴로 고개를 끄덕였다. 그리곤 실내 장식에 관심을 보이며 거실 안을 살펴보았다. 유심히 가구들을 살펴보다가 원영과 눈이 마주쳤다. 원영이 방긋 웃으며 고개를 끄덕였다.

“생각하시는 그것들 맞습니다.”

“아, 역시 귀족 가문. 이 정도면 유지하는 데 비용이 꽤 들 텐데.”

노기한이 살며시 미소를 지었다.

“부동산이 좀 있어요. 주식도, 조금.”

“아, 역시 부동산. 시드 머니는 어떻게?”

“패밀리어가. 물려받은 귀금속과 골동품도 조금 해서.”

“역시 뱀파이어.”

노기한이 얼굴 가득 웃음을 띠며 엄지를 들었다. 가만 근데 이 대화는 뭐지? 지금 저게 뱀파이어랑 신장이 하는 대화가 맞아? 내가 그런 생각을 하는 줄도 모르고 기한 아저씨와 원영은 재테크에 대해서 열심히 떠들고 있었다.

4월 7일

해수

새벽에 음주 운전 사고 현장에 갔다가 커피 생각이 났다. 도로에 떨어진 붉고 낭자한 선혈을 보는 순간 왜 커피 생각이 났던 걸까. 진하고 달달한 커피를 마시고 싶었다. 망자를 사무실에 인도하고 나서 여자아이를 찾아 내려왔다. 아침 공기를 뚫고 팡팡 검이 부딪치는 소리가 들렸다. 정원에서 백원영과 장혜원이 검술 연습을 하고 있었다. 혜원이라는 아이는 드라큘라의 일이 있은 뒤부터 검술을 배우고 있다. 초반에는 어설프고 엉성하기만 했는데 이제는 제법 칼을 잘 다루었다. 그렇다고 해도 뱀파이어인 백원영에게는 상대가 되지 않았다. 백원영은 내게 인사를 하면서 장혜원의 칼을 여유 있게 받아넘겼다. 지붕을 보자 아기동자와 장군 신장이 햇볕을 받으며 영기를 충전하고 있었다. 부적 작업을 위해서 미리 준비를 하고 있는 모습이었다.

여자아이는 일요일이라고 해가 훤하게 떴는데도 퍼져 자고 있었다. 침대 옆으로 다가가 여자아이를 빤히 바라보았다. 뽀얀 피부, 오똑한 코, 도톰한 입술, 길게 내려앉은 속눈썹. 꽤 예쁘장한 얼굴이었다. 하지만 이불을 차 던지고 활개를 치며 자고 있는 모습은 아무리 잘 봐줘도 예쁘지가 않았다.

"차사님. 아직 안 깼어요?"

아기동자가 방문 틈으로 고개만 내밀고 물었다.

"아직. 주방 아줌마는?"

"고기 굽기 시작했어요."

"그럼 금방 일어나겠네."

잠시 후 아래층에서 고기를 굽는 냄새가 솔솔 올라오기 시작했다. 여자아이는 자면서 코를 킁킁거렸다. 그리곤 이내 부스스 자리에서 일어나 앉았다.

"깼냐?"

"어, 네. 오셨어요?"

여자아이가 눈을 비비며 인사했다.

"내려와. 아침 먹자."

"네."

여자아이는 잠이 덜 깬 상태로 고기 냄새를 따라 흐느적거리며 걸었다. 넘어지지 않고 용케 계단을 내려가는 게 신기했다. 아침 식사를 마치고 정원의 벤치에 앉아 여자아이와 함께 커피를 마셨다. 새벽부터 고대하던 커피라 그런지 향이 더 그윽하게 느껴졌다.

"차사님. 일하러 간다고 하지 않으셨어요?"

여자아이가 빤히 쳐다보았다.

"일하잖아. 이따가 또 일하러 갈 거고."

커피를 마시라고 손짓을 했다. 여자아이가 커피를 한 모금 마셨다. 그러자 진한 커피의 향이 입안 가득 몰려왔다.

"아니 며칠 자리 비울 것같이 말씀하셨잖아요. 그래 놓고는 맨날 오시니까."

"그때는 두 사람 분의 일을 해야 하니까 어찌 될지 몰라 그랬던 거고. 전쟁처럼 특별한 일이 아니면 차사가 종일 바쁘지는 않지. 죽는 사람 없는 게 좋은 거 아냐?"

"그거야 그렇지만요."

여자아이는 고개를 돌리고는 구시렁거렸다. 이랬다저랬다 자기 맘대로야, 하는 여자아이의 사념이 들렸다.

"내가 오는 게 귀찮냐?"

"……"

그 물음에 순간 여자아이가 굳어버렸다. 하지만 재빨리 돌아보면서 웃어 보였다.

"아뇨. 그럴 리가요."

억지로 끌어올린 입꼬리가 파들거렸다. 그때 뒤에서 기척이 들렸다.

"굿모닝. 레이디스."

커다랗게 목청을 울리며 노기한이 정원으로 들어섰다. 흰색 슈트 위로 늘어진 금발 머리가 바람결에 휘날리고 있다. 노기한은 벤치에 있는 나를 보더니 얼른 상체를 90도로 숙이며 인사했다.

"신장 연수원 9908기 노기한. 차사님을 뵙습니다."

"넌 웬일이냐?"

"그게 말이죠."

노기한이 여자아이를 보며 눈짓을 했다. 그러자 여자아이가 쭈뼛쭈뼛 눈치를 보며 입을 열었다.

"그러니까 그게, 제가… 저번에 할머니 집에서…"

"너 또 무슨 사고를 친 거냐?"

눈을 부라리며 여자아이를 바라보았다. 지난번 할머니의 집이라면 내가 자리를 비운 첫날이었다. 자리를 비우자마자 여자아이는 사고를 쳤다. 눈을 한껏 부릅뜨자 여자아이가 손사래를 쳤다.

"아무 짓도 안 했어요. 아무 짓도. 그냥 강령굿 연습했는데,

노기한 아저씨가 끌려와서."

여자아이가 흘끔 노기한을 쳐다보았다. 어쩔 수 없었다는 듯 노기한이 어깨를 으쓱했다.

"강령굿을 했는데 내가 아니라 얘가 끌려온 거냐?"

턱짓으로 노기한을 가리켰다.

"네."

"강령굿이면 어차하면 내가 일하다 끌려올지 모른다는 생각은 안 하고?"

여자아이를 노려보았다.

"그래서 강신굿이 아니라 강령굿을 해본 거예요. 신이 아니라 영을 불러들이려고."

여자아이가 기어들어 가는 목소리로 대답했다. 목소리가 기어들어 가는 것이 자기가 무슨 사고를 쳤다는 생각이 들긴 드는 모양이었다.

"너도 고생이 많아, 얘한테 두 번이나 끌려오고."

"운명이니 해야죠. 어쩌겠습니까."

노기한이 금발 머리를 뒤로 젖히며 웃었다. 벤치에서 일어나 둘을 바라보았다.

"난 일 있어 가볼 테니까 수고들 해."

"가시게요."

여자아이가 따라 일어서며 말했다.

“가봐야지. 시간 됐으니까. 너도 얘 사고 안 치게 잘 지켜봐. 사고 치려고 하면 바로 연락하고.”

“넷. 바로 연락드리겠습니다!”

노기한이 뒤꿈치를 부딪치며 차렷 자세로 대답했다. 백원영의 집을 나서며 폰의 명부를 보았다. 주말이라 봄나들이 사고가 많았다. 오늘 일은 모두 다섯 건이었다. 다섯 건 중 마지막 명부에 눈이 멈추었다. 사망 원인에 호환이라고 나와 있다. 문규에게 얘기를 듣기는 했지만 막상 호환 명부를 받으니 기분이 이상했다. 위치를 지도로 검색해 보니 깊은 산속이었다. 동물이 사람을 해치는 건 천기를 어지럽히는 일은 아니니 어쩔 수 없는 일이었다. 예전에 내가 일을 시작할 때만 해도 호환은 흔한 일이었지만 도시가 발달하고 사람이 많아지면서 어느새 여우는 자취를 감추고 말았다. 설사 있다고 해도 숨어 살지 몇 번이나 사람을 공격하지는 않을 것이다. 그랬다가는 금세 들켜 죽임을 당했을 테니까. 명부를 받고 확인을 해보니 올해만 여섯 번째 호환이라고 했다. 호기심이 일었다.

앞의 일을 마치고 나자 어떤 여우인지 궁금해서 제시간보다 일찍 도착했다. 멀리 바닥에 쓰러진 사람이 보였다. 무엇인가가 쓰러진 사람 위에 올라타고 있다. 좀 더 다가가 보니 쓰러진 사람을 올라타고 있는 것은 젊은 여자였다. 쓰러진 사람의 배에 피가 흥건했다. 여자의 입 주위에도 피가 묻어 있었다. 호환을 일으킨 것은 보통 여우가 아니라 구미호였다. 구미호라니? 수백 년 동안 구미호를 본 적이 없었다. 다른 차사들에게서도 구미호를 봤다는 얘기를 들은 것도 벌써 몇백 년 전이었다. 그런데 지금 눈앞에서 구미호가 사람을 해치고 있다. 구미호를 저지하려다가 문득 손을 멈추고 고개를 내저었다. 구미호가 마물이기는 해도 명부가 나온 이상 희생자의 죽음은 미리 예견된 죽음이었다. 즉 천기에 어긋나지 않는 죽음이었다. 천기에 어긋나지 않는 이상 차사가 개입할 수가 없다.

시간이 될 때까지 거리를 두고 떨어져 기다리기로 했다. 구미호는 저승사자의 존재를 모르는 듯 남자의 배에 머리를 박고 내장을 파먹고 있었다. 환술의 영향인지 남자는 구미호가 자신을 파먹고 있는데도 비명을 지르지 않고 황홀한 표정을 짓고 있었다. 예정된 시간이 되었다. 남자의 숨이 멎으며 혼령이 떠올랐다. 천천히 혼령에게 다가갔다.

"나영천씨. 나영천씨. 나영천씨."

남자의 이름을 세 번 불렀다. 자신을 부르는 소리를 듣고 혼령이 내게로 다가왔다.

"나영천씨는 2020년 4월 7일에 사망하셨습니다."

폰의 명부를 보며 혼령에게 알려주었다. 남자는 깜짝 놀란 듯 눈을 치떴다.

"예? 제가 죽어요? 저 금방까지."

남자가 자신의 손발을 내려다보았다.

"네. 운명하셨습니다. 저기."

바닥에 있는 남자의 시신을 가리켰다. 남자가 그 손짓을 따라 자신의 시신을 쳐다보았다. 바닥에 쓰러져 있는 남자의 얼굴과 상체가 보였다. 시신의 처참한 모습이 보이지 않게 일부러 구미호의 뒤에 서서 얘기했다. 덕분에 파헤쳐진 배는 보이지 않았다.

"아니 어떻게, 어떻게 이런 일이…"

"받아들이기 어려우시겠지만."

남자에게 상황을 설명하려는 그때 날카로운 살기가 나를 향해 날아왔다. 피하면서 보니 남자를 뜯어 먹던 구미호가 나를 향해 덤벼들고 있었다. 내가 보이는지 정확하게 나를 향해 공격을 해왔다. 피했다고 생각한 순간 뒤에서도 살기가 날아왔다. 공격하는 상대는 하나가 아니었다. 재빨리 위로 솟구쳤다. 혼령도 같이 위로 끌어올렸다. 아래를 보자 내가 있던 자리를 덮친 것은 또 다른 구미호였다. 공격에 실패하자 구미호는 숲으로 달아났다. 추격하려고 했지만 구미호들이 기척을 지우는 바람에 쫓는 데 실패했다. 혼령을 혼자 오래 둘 수가 없어 원래 있던 곳으로 돌아왔다. 혼령을 인도해 저승으로 향했다.

일을 마치고 난 뒤 팀장 사무실을 찾았다.

"팀장님. 잠시 보고드릴 일이 있습니다."

"무슨 일인데?"

"방금 호환으로 죽은 혼령을 인도하러 갔다가 구미호에게 습격을 당했습니다."

"구미호가?"

"네. 그것도 한 마리가 아니고 두 마리가."

"그래? 이전에 호환으로 죽은 영혼을 인도하러 갔던 차사들은 아무런 문제 없이 왔었는데. 어떻게 된 일이지?"

"저도 잘 모르겠습니다. 추적하려고 했지만 순식간에 기척을 지우는 바람에 실패했습니다."

"그래? 조사팀에 연락해서 확인을 해봐야겠군."

팀장은 종이에 메모를 하고 나서 나를 바라보았다.

"일단은 돌아가서 좀 쉬고. 혹시 무슨 이상 있으면 바로 보고하고."

"예."

팀장의 사무실을 뒤로 하고 건물을 나섰다. 생각에 잠겨 공원까지 천천히 걸어갔다. 저승은 축축한 안개가 끼어 있다. 거리를 따라 달리는 차들의 소리가 웅웅거렸다. 스멀스멀 안개가 낀 강의 다리 아래로 백조들이 유유히 떠 가고 있다. 강 옆으로 난 길을 따라 걸었다. 안개 속으로 백조가 나타났다가 사라지고 또다시 나타났다. 철썩이는 소리에 무심코 돌아보자 백조가 풍덩 자맥질을 하고 있었다. 물고기라도 잡는 것일까. 강 앞의 벤치에 가서 한숨 돌렸다. 한참을 안개가 흐르는 강을 지켜보고 있었다. 구미호에게 공격을 당한 일에 잠시 멍해졌던 모양이었다. 일어나 툭툭 양복의 깃을 털었다. 순식간에 지상으로 내려왔다.

여자아이에게 갈까 하다가 마음을 바꿔 작은 산의 신선을 찾아갔다. 마음을 안정시키기에는 후덕한 신선이 나을 것 같았다. 신선은 언제나처럼 산 정상의 나무 꼭대기에 바둑판을 앞에 두고 앉아 있었다.

“안녕하셨습니까?”

“어서 오시게.”

신선은 흰색 수염 사이로 얼굴 가득 미소를 띠었다. 혼자 바둑을 두다가 나를 반갑게 맞아주었다. 신선의 맞은편에 자리를 잡았다.

"자, 두시게."

신선이 바둑판을 정리하고 내게 권했다. 마음을 가라앉히려고 두는데 한 번씩 뇌리에 구미호가 스쳐 지나갔다. 바람처럼 빠른 몸짓과 순식간에 기척을 지우는 환술. 여느 때와 달리 바둑에 집중이 잘 되지가 않았다. 무심코 얼굴을 드는데 신선이 나를 바라보고 있다.

"무슨 일이 있으신가? 집중을 못 하시는 것 같은데."

신선이 수염을 쓰다듬으며 말했다. 정신을 차려보니 완전 불계패 상황이었다.

"그런가 봅니다."

쓴웃음을 지으며 패배를 시인했다.

"무슨 일인데 그러시나?"

신선이 바둑알을 거둬들이며 물었다.

"망자를 인도하려다 구미호에게 공격을 받았습니다."

"구미호가 차사를 공격하였다고? 요즘도 구미호가 있었나?"

신선이 내 말에 놀란 듯 되물었다.

"그러게나 말입니다. 저도 구미호가 있을 줄 몰랐습니다. 그리고 이렇게 공격까지 당할 줄은."

"허허. 참. 예전에 구미호가 날뛸 때 신선을 공격한 적이 있다고 들었네만 저승사자를 공격하다니. 그런 일이."

내 말에 충격을 받은 듯 신선이 얼굴을 찌푸렸다.

"위에 알아보니 처음은 아니지만 오랫동안 없었던 일이라고 합니다."

"많이 놀라셨겠구만."

신선이 걱정스러운 표정으로 말했다.

"네. 그것도 한 마리가 아니라 두 마리가 협공을 하려 했습니다."

"그랬었구만."

신선이 끌끌 혀를 찼다. 얘기를 하다 보니 어느새 시간이 늦어 있었다. 자리를 털고 일어섰다.

"이제 그만 가봐야 할 것 같습니다."

"그러시게. 찾아오는 사람 없는 작은 산의 이름 없는 신선을 이렇게 매번 찾아줘서 고맙네."

신선이 늘어진 수염을 쓰다듬으며 인자한 얼굴로 말했다. 인사를 하고 나서 나무 꼭대기를 떠났다. 이제 뉘엿뉘엿 해가 지고 있는 숲에서 새가 울었다.

저녁 일을 마무리하려고 사무실에 들렀다. 탕비실에 가서 물을 받아 돌아오는데 문규가 프린터기에서 명부를 뽑고 있었다.

"웬일이야?"

"내일 일 미리 확인하려고."

문규가 프린트된 명부를 한 장씩 확인하며 말했다. 목소리가 왠지 기운이 없었다.

"왜 그래? 화정이랑 싸웠어?"

"아니, 그런 건 아니고."

"그런 게 아니면 휴가 잘 갔다 와서 왜 그래?"

문규가 프린트한 명부를 챙겨 자리로 돌아갔다. 따라가서 책상 옆에 기대섰다.

"아니 도대체 3박 4일이 왜 그렇게 빨리 지나가는 거야? 평소에는 하루하루 지나가는 것도 그렇게 안 가더니. 이건 뭐, 야 휴가다, 했더니 어떻게 바로 마지막 날이야. 마치 뭐에 홀린 것 같다니까."

문규가 주절주절 하소연을 늘어놓았다.

"꽤나 좋았던 모양이네."

팔짱을 끼며 자세를 바꾸었다.

"휴가를 가보니까 이승에서 워라밸이니 주 5일 근무라는 걸로 시끄럽게 하는 이유를 알겠더라고. 야, 우리도 이거 너무하는 거 아냐? 이건 뭐 근무시간이 정해져 있기를 하나, 주말은 고사하고 휴일도 없고, 휴가도 없고. 밤낮없이 대기해야 하니 우린 주 100시간이 아니라 168시간이라고. 이거 너무 노동 착취 아니냐."

흥분한 듯 문규의 목소리가 점점 커졌다. 금방이라도 자리에서 일어나 팀장에게 쫓아갈 기세였다.

"우리 대기시간은 뭐 하라고 정해져 있는 거 아니잖아. 그래서 너는 시간 비면 항상 화정이랑 붙어 있잖아. 그게 하루 20시간은 될걸?"

"그거야… 뭐."

정곡을 찔리자 문규가 말을 얼버무렸다.

"전쟁이나 역병 같은 일이 벌어지는 게 아니면 차사당 하루 평균 열 건 미만이라 일이 그렇게 많은 것도 아니고."

"그거야…"

"게다가 차사 일은 누가 시킨 것도 아니고 자기가 하고 싶다고 해서 하는 거잖아."

"그건…"

"근무시간, 휴일, 그런 게 중요하면 차라리 환생을 해, 환생을."

"그건 안 되지."

"왜? 화정이 못 보니까 그건 안 돼?"

"당연하지. 다른 건 몰라도 화정씨 못 보는 건 안 된단 말야. 그래서 말인데 해수야."

"안 돼!"

문규의 설득하려는 말투에 사전에 차단했다. 문규가 골이 난 표정으로 쳐다보고 있다.

"야, 말도 하기 전에 자르는 게 어디 있냐?"

"뭐든지 하여간 안 돼."

"야. 너희 커플은 맨날 붙어 있으면서 친구 부탁은 말하기도 전에 쉴드냐?"

"커플 아냐. 갑자기 어디서 골칫거리 고등학생 하나가 떨어져 가지고. 사람들이 왜 그렇게 애 키우기 힘들다고 하는지 몸소 체험하는 중이다. 중2병, 사춘기 그런 거. 더구나 얘 고3인데 공부할 생각은 안 하고 수업 시간마다 잠만 자고. 도대체 뭐가 되려는지."

"너 그러니까 애 아빠 같다."

문규가 킬킬거렸다.

"아무튼 무슨 부탁인지 모르겠지만 내 일만 해도 머리 아프니까 미리 사양할래. 나 간다."

문규가 뭐라고 하기 전에 재빨리 사무실을 도망쳐 나왔다. 간만에 밤하늘을 가로지르며 이승을 내려다보았다. 도시의 불빛이 반딧불이처럼 흐드러지게 빛나고 있다.

4월 8일

혜수

할머니 집 대문의 도어락을 누르고 문을 열었다. 또다시 끼익하는 소리가 들렸다. 아참, 걸쇠에 기름칠을 해야 한다고 할머니에게 말한다는 걸 깜빡 잊어버렸다. 할머니는 볼일이 있어 지방에 가셨다. 마당을 가로질러 현관문을 열었다. 현관 옆의 나무에 앉아 있던 까치가 놀란 듯 푸드덕하고 날아올랐다. 까치는 훨훨 날아 뒷산 쪽으로 사라졌다. 안으로 들어가 신발을 벗고 마루로 올라섰다. 거실에 있는 오래된 괘종시계가 댕댕하고 울렸다. 마루에 백팩을 내려놓고 이마의 땀을 훔쳤다. 학교가 끝난 뒤 부적을 납품하러 오는 길이었다. 원영과 무당들은 서로 알아도 마주치기를 껄끄러워해서 여기서 하는 게 편했다.

"왔냐?"

미리 와 있던 아기동자가 일어서며 말했다.

"왔니?"

옆에 있던 순녀 언니가 인사했다.

"일찍 오셨네요."

"응. 오늘은 마침 일이 없어서. 혜수 고3이지? 공부는 잘돼가?"

순녀 언니가 얼굴에 웃음을 띠고 물었다. 공부라. 고3이면 으레 하는 질문이라 고개를 끄덕였다.

"네. 언니가 700장이죠?"

잔소리가 더 이어지지 않게 얼른 화제를 돌려 부적 얘기로 넘어갔다. 메고 온 백팩을 내려놓고 안에서 숫자를 맞춰 묶어둔 부적을 꺼냈다.

"여기요. 700장."

"50%지?"

어느새 다가온 아기동자가 빤히 쳐다보았다. 순녀 언니가 할인을 받는 건 제 덕분이라는 걸 강조하고 싶어 하는 눈치였다.

"응. 50%."

"감사합니다. 동자님."

순녀 언니가 아기동자를 향해 깍듯하게 인사했다. 아기동자는 기분이 좋은 듯 흠흠 하며 짧은 다리로 뒷짐을 지고 섰다.

"바로 이체해 줄게."

순녀 언니가 핸드폰을 집어 들며 말했다. 그리곤 곧바로 부적값을 이체해 주었다. 폰에 알람이 울리자 입금 금액을 확인했다. 대문의 벨이 울리는 소리에 문을 열자 할머니의 제자 무당들이 서 있었다. 잠시 후 다른 무당들도 신장들과 함께 속속 도착했다. 지난번 뱀파이어 사건 이후로 오랜만에 나를 본 무당과 신장들이 반가워했다. 아기동자와 장군 신장은 자주 보지만 다른 신장들은 뱀파이어 때 이후로 처음이었다. 제일 늦게 장군 신장과 제니 언니가 도착했다.

"막내 왔니?"

순녀 언니가 제니 언니를 돌아보며 말했다. 제니 언니는 부루퉁한 얼굴이었다.

"담에는 일찍 만나면 안 돼요? 이 시간에 만나면 방송 시간에 늦는단 말이에요."

"어쩔 수 없잖아. 혜수 학교 끝나는 시간이 있으니까."

순녀 언니의 말에 제니 언니가 투덜거리며 자리에 앉았다. 못 본 사이에 또 얼굴이 달라진 것 같았다. 옷과 신발, 백까지 다 처음 보는 것들이었다. 장군 신장의 무당인 제니 언니는 30대 중반으로, 옷차림이 화려하고 얼굴도 자주 바뀌었다.

"다 모였어? 시작해."

아기동자가 신장들을 둘러보며 말했다. 그 말에 내가 자리에서 일어섰다.

"다들 모이셨죠?"

사람들을 한 바퀴 돌아보았다.

"오늘은 부적에 대해 동자신과 같이 정한 게 있어서 알려드리려고 오시라고 했어요."

순녀 언니 위에 있는 아기동자를 힐끔 보며 말했다. 신장들은 모두 자신의 무당들 위에 떠 있었다.

"요즘 부적량이 늘어서 동자신 혼자선 힘들 정도가 되어서 다른 신장들도 같이 참여를 해야 할 것 같아요. 그래서 각자 신장이 작업한 부적 물량에 대해서는 50% 할인해 드리기로 했어요. 순녀 언니가 50% 할인받는 거 아시죠? 다른 신장들도 같이 참여하시면 순녀 언니처럼 50%를 할인해 드릴게요."

내 말에 모인 무당들이 자신의 신장들과 의논하려고 강신을 했다. 신장들은 미리 아기동자에게 협박 섞인 설명을 들어 알고 있었다. 신장들은 모두 아기동자의 눈치를 보며 무당들을 설득했다. 그러자 뒤쪽에서 짜증 난 목소리가 터져나왔다.

"자기는 그런 것도 말 못 해? 50%가 뭐야, 50%가. 그냥 공짜로 받아야지. 아니 가서 고생했는데 수고비까지 받아야 하는 거 아냐?"

제니 언니가 식식거리며 말하자 장군 신장이 열심히 고개를 끄떡거렸다.

"제니 말이 맞아. 그건…"

제니 언니의 말에 홀라당 넘어갔던 장군 신장이 아기동자의 째려보는 눈에 흠칫하더니 바로 정신을 차렸다. 얼른 손사래를 치며 제니 언니를 돌아보았다.

"하지만 우리만 그렇게 할 수 없잖아. 영기도 내가 제일 약하고. 그러니까 일단은 형님들이 하자는 대로 하자. 응?"

1갑자라 막내인 장군 신장이 열심히 제니 언니를 달랬다. 제니 언니는 입을 비죽 내밀더니 고개를 홱 돌렸다. 다른 무당들과 신장들도 서로 의견을 주고받은 뒤 다시 앞을 보며 앉았다.

"자 말씀들 되셨죠? 그리고 연심 언니가 물어본 외부 물량 말인데요. 일단 신장 여러분들이 협조해 주신다면 일주일에 1,000장 정도는 받을 수 있을 것 같아요."

"아무나 해도 되는 거야? 무당 말고 다른 쪽도 돼?"

토라졌던 제니 언니가 부적을 대량으로 팔 수 있다는 말에 호기심을 보였다.

"용도는 상관없는데 한 사람이 한 가지 부적만 주문해야 되고요. 당분간 한 명당 100장씩으로 제한하려고 해요. 혹시 더 필요하신 분은 다른 분이랑 의논해서 얘기해 주세요. 그리고 제가 드리는 가격은 당분간 변동 없이 그대로 유지할 생각이에요."

말을 마치고 아기동자를 바라보았다. 아기동자가 고개를 끄덕이며 손가락으로 동그라미를 그려 보였다. 무당들은 다들 핸드폰을 꺼내 계산기를 두드리고 있었다. 무당들의 반응이 좋으니까 신장들도 더 이상 다른 말들이 없었다. 아기동자가 신장들을 휘 둘러보며 입을 열었다.

"다들 주말에는 일 잡지 말고. 전화하면 바로 튀어 와."

"네."

신장들이 고분고분하게 대답했다.

"그럼 부적 숫자 확인해 보시고, 오늘 중으로 입금해 주세요."

프린트한 부적들을 나눠 주고는 자리를 정리했다. 할머니가 주문한 부적은 신당에 챙겨놓았다. 제니 언니가 졸졸 뒤를 따라왔다.

"저기, 나 며칠만 봐주면 안 될까?"

제니 언니가 옆에 바싹 붙어서 작게 속삭였다.

"언제까지요?"

"며칠이면 돼. 날짜가 됐는데 너튜브에서 입금을 안 하네. 우리 장군 부적할 때 자주 가잖아. 다른 일도 많이 봐주고. 그러니까 며칠만 봐줘."

아기동자를 힐끔 돌아보았다. 아기동자는 장군 신장을 노려보고 있었다. 아기동자의 눈길에 장군 신장은 주눅이 들었는지 어깨가 움츠러들었다. 제니 언니는 돈이 없는지 매번 이런저런 핑계를 대며 부적값을 미뤘다. 그래서 나도 제니 언니의 주문은 조금만 받았다.

"마나(Mana)는 스트림(Stream)을 통과하면서 특성을 가져. 따라서 마나를 사용하려면 용도에 맞는 특성을 부여하는 스트림을 통과시켜야 해. 스트림은 홀리(Holy) 계열과 다크(Dark) 계열이 있는데, 홀리 계열은 치유, 창조, 축복과 같이 신성이나 힐링 계열에서 사용되고, 다크 계열은 파괴, 저주, 중독 등 주로 공격이나 흑마법 계열에서 사용돼. 너 자냐?"

뭔가 머리를 쿡쿡 찌르는 느낌에 깜짝 놀라서 깼다. 허공에 노기한이 쓴 설명들이 둥둥 떠 있었다. 흠칫하며 얼굴을 바로 했다.

"아, 아니에요. 스트림에는 홀리 계열과 다크 계열이 있다는 거잖아요."

"이거 신장 교육 과정 중에서 엘리트 코스야. 그러니까 집중해서 잘 들어. 홀리 스트림과 다크 스트림을 메인(Main) 스트림이라고 하는데 메인 스트림은 하나의 흐름이 아니라 다양한 흐름들의 묶음이라는 거지. 메인 스트림을 구성하는 하나하나의 스트림들을 서브(Sub) 스트림이라고 하는데, 마나를 자유롭게 사용하려면, 마나를 사용하려는 목적에 맞는 서브 스트림을 통과시켜 원하는 특성을 가지게 해야 하는 거지. 이게 바로 마나 컨트롤(Control)이라고 하는 거야. 야, 야, 야! 너 자꾸 졸래?"

"네? 네."

가물가물 감기는 눈을 억지로 치켜떴다. 설명을 듣다 보니 어느새 또 졸음이 쏟아졌다. 눈을 뜨려고 해도 무거운 눈꺼풀이 계속 내려앉았다. 졸린 눈을 부릅뜨며 노기한을 바라보았다.

"그런데 이거 꼭 해야 돼요?"

"지금 상태로 만족하면 뭐 안 해도 상관없지만, 레벨을 올리려면 마나 컨트롤은 기본으로 해야 돼. 집중하고. 서브 스트림에는…"

노기한이 금발 머리를 휘날리며 턱을 쓸어 올렸다. 주위가 갑자기 조용해진 것 같아 정신을 차려보니 노기한이 한심하다는 표정으로 내려다보고 있었다. 어느새 또 존 모양이었다. 노기한이 확신을 품은 얼굴로 물었다.

"너, 수업 시간에 항상 졸지?"

"네."

기어들어 가는 소리로 대답했다.

"그래. 공부 열심히 하는 애들이 이런 거 하겠냐? 설명 들으면 따분하고 졸리고, 그렇지. 다행스럽게도 마나 컨트롤 훈련에 너 같은 애들을 위해 이론이 아니라 몸으로 익히는 방법이 있다 이거지."

노기한이 금발 머리를 쓸어 넘기며 씨익 웃었다. 희고 가지런한 치아가 드러났다. 설명하면서 영어를 잔뜩 섞어 쓰는 게 자기가 똑똑하다는 걸 티 내려고 하는 것 같았다.

"인포스트 마나 익스트랙션(Enforced Mana Extraction)이라고, 추궁과혈이라고 하는 방법인데 그 과정이 다소 아름답지 못하긴 하지."

노기한이 슈트 상의를 손으로 탁탁 털었다. 그리곤 빙그르르 돌아섰다.

"하지만 제자를 위해서라면 자신의 모습이 흐트러지는 것도 감수할 수 있는 이 마음. 아! 이 얼마나 숭고한 스승의 모습이란 말인가."

노기한은 자아도취에 빠진 듯 양팔을 넓게 벌리며 부르짖었다. 그리곤 흰색 슈트의 상의를 벗어 걸고 셔츠의 소매를 둘둘 걷어 올렸다. 노기한은 휘파람을 불며 책을 불러내 허공에 띄워놓았다. 그리고 손을 풀기 시작했다.

"보자. 그러니까 먼저 매핑(Mapping)을 하고. 그린 다음 마킹(Marking). 아, 부수적으로 이것도 하면 좋겠네."

노기한이 손짓을 하자 내 몸 위에 인체 모형도가 나타났다. 그러고 나서 노기한의 손끝에 빛으로 된 공이 떠오르더니 내 몸으로 날아와 경혈의 한가운데에 자리 잡았다. 노기한이 다가와 손가락으로 한 곳을 찔렀다.

"준비는 됐고. 보자 시작이 여기지. 오케이. 여기서부터 시작해서."

노기한이 손가락으로 빛나는 공이 표시된 경혈을 찔렀다. 마치 날카로운 것에 찔린 듯 따갑고 화끈한 통증이 밀려왔다.

"악!"

입을 벌려 소리를 질렀지만 목소리가 나오지를 않았다.

"아, 아혈을 눌러놔서 목소리가 안 나올 거야. 소리 지르면 시끄럽잖아. 게다가 나랑 얘기하는 건 사념으로 하니까 목소리가 안 나와도 상관없고."

노기한이 손을 비비며 말했다.

"보자. 이게 넘어갔으니까 다음은 여기서 여기로."

노기한은 허공의 매뉴얼을 보면서 빛이 이동한 경혈을 차례대로 찌르기 시작했다. 경혈을 찌를 때마다 어마어마한 통증이 느껴졌다.

"야. 너 문제가 많다. 평소 운동 안 하지. 잠도 늦게 자고. 맨날 스마트폰 보고. 과자랑 인스턴트 달고 살지. 이러니 경혈이 죄다 막혀 있지. 겉만 어리지 기혈은 완전히 할머니네 할머니. 가만있어 봐. 처음 하는 거라 움직이면 틀릴 수 있단 말야."

"처음 하는 거라고요?"

"배우기는 했지만 써보는 건 처음이지. 이렇게 몸으로 하는 건 아름답지가 않잖아. 나같이 스타일리시한 신장이 이런 걸 할 리가 없잖아? 처음이지만 걱정하지 마. 엘리트인 내가 못 하는 게 있을 리 없잖아. 아름답지 못한 방법이라 안 한 거지 못 하는 게 아니니까. 가만 어디까지 했었지? 아, 여기다 여기. 여기부터 시계 방향으로 XX혈까지 간 다음에 세 칸 아래로 하향. 그리고 반시계 방향으로 XX혈까지. 다시 XX혈에서 XX혈로 가로지른 다음 XX혈에서 XX혈까지, 다시 XX

혈로 돌아오면 일주천. 오케이. 계속해 볼까."
노기한이 손가락을 우두둑 꺾으며 다가왔다.
"사, 살려줘."
두 손을 맞잡고 고개를 숙였다.

***

온몸이 쑤시고 아파서 겨우 입술을 달싹였다. 그런 나를 앞에 두고 노기한은 자못 만족스러운 듯 손으로 턱을 쓸었다.
"오, 처음 시도하는 인포스트 마나 익스트랙션으로 단 한 번의 실수도 없이 108 혈맥을 108회 순환시키다니. 이성이 아닌 물리적인 방법까지 한 번에 마스터하는 정녕 나의 한계는 없는 것인가!"
한참을 구타당해 녹초가 된 내 옆에서 노기한이 자아도취에 빠져 부르짖었다. 뭐라고 대꾸할 기운도 없었다. 심한 몸살을 앓은 것처럼 몸이 축축 늘어졌다. 노기한은 한참을 자아도취에 빠져 있더니 그제야 정신을 차리고 다가왔다. 그리곤 내 몸 여기저기를 쿡쿡 찔러보았다.
"흠. 여기는 풀렸고, 여기도, 이쪽도. 자잘한 데는 풀렸는데 큰 데는 아직이네. 뭐 첫 번째 인포스트 마나 익스트랙션 결과가 이 정도면 훌륭한 편이지."

노기한이 만족스러운 표정으로 고개를 끄덕였다.

"끝난 거예요?"

"응. 오늘은."

오늘은? 그럼 또 한다는 얘기? 얼른 되물었다.

"설마 이거 또 하는 거예요?"

"응. 말단 경혈은 대략 2년 정도? 서브 스트림은 12년, 메인 스트림은 30년 정도 걸린다는데, 넌 효과 빠르니까 한 15년 정도면 되지 않겠냐?"

노기한은 별거 아니라는 듯 매뉴얼을 뒤적거리며 대답했다.

"네?"

깜짝 놀라 몸을 부르르 떨었다. 한 번도 이렇게 힘든데 15년 동안이라고? 그것도 빨라야 15년. 놀라 다시 물었다.

"15년요? 그동안 몇 번을 해야 하는데요?"

"글쎄."

노기한이 다시 매뉴얼을 뒤적였다.

"보자. 주 3회 이상, 5회 권장이라는데. 1회당 오늘처럼 108사이클."

노기한이 당연하다는 표정으로 나를 바라보았다. 얼른 바르게 무릎을 꿇고 앉았다.

"저희요. 다시 이론으로 해봐요. 이론요."

이런 고통을 15년 동안 당할 수는 없다.

"되겠냐? 너 또 설명 시작하고 1분도 안돼서 졸려고."

노기한이 걷었던 소매 자락을 내리며 말했다.

"아뇨. 절대 안 졸아요. 그러니까 우리 다시 이론으로 해봐요, 이론."

이를 악물고 악착같이 설득했다. 노기한이 걸어두었던 슈트 상의를 걸치며 빙긋 웃었다.

"나도 이론으로 하는 게 아름답기는 하지."

옷 매무새를 가다듬으며 말했다.

"방금 몸으로 경험했으니 이해가 빠를 수도 있겠네. 다시 설명하자면 메인 스트림은…"

"메인 스트림은 홀리와 다크가 있다는 거잖아요. 그다음 서브 스트림요."

필사적으로 기억을 더듬어 얘기했다.

"듣긴 들었네. 자연적인 건 넘어가고, 방금 경험한 신체의 경혈이 서브 스트림이야. 서브 스트림도 메인 스트림처럼 홀리 계열과 다크 계열이 있어."

"경혈이 서브 스트림이고, 서브 스트림도 홀리 계열과 다크 계열이 있다."

큰 소리로 노기한의 설명을 따라 반복했다.

"그렇지. 이번에는 잘 듣네. 너 그런데 필기 안 해도 되겠냐?"

"녹음하고 있잖아요."

앞에 놓아둔 폰을 들어 보였다.

"내 목소리가 녹음돼?"

"안 되죠. 그러니까 제가 반복해서 얘기하는 거잖아요."

손으로 말하는 시늉을 했다.

"오, 너 머리 제법인데. 부적도 그렇고. 녹음도 좋아. 아주 좋아. 그리고 중요한 건 뭐다?"

"돈이죠."

"그렇지. 그리고 큰돈 버는 건?"

"부동산요."

내 대답이 흡족한지 노기한이 빙그레 웃었다. 그리곤 흰색 슈트에 반짝이는 금발 머리를 흔들며 다시 이론 수업을 계속했다.

4월 9일

해수

따스한 봄 햇살이 창으로 비쳐 들었다. 책상 위의 핸드폰이 켜지며 알람이 울렸다. 하지만 여자아이는 일어날 생각을 하지 않았다. 알람은 계속해서 울렸다. 그러나 여자아이는 역시 아무 반응이 없었다. 매번 보지만 정말 한결같은 아이다. 알람이 울려도 전혀 일어날 생각을 하지 않는다. 그런데도 매번 알람을 맞춰 놓는다. 여자아이는 알람이 꺼질 때까지도 일어나지 않았다. 여자아이를 보며 슈트 주머니의 폰을 꺼내 들었다.

"오늘도 부탁하자."

전화를 끊자마자 그 즉시 원영이 방으로 들어왔다. 그리곤 이불을 둘둘 만 채 자고 있는 여자아이를 보고는 고개를 저었다.

"언니도 참. 레이디가 이렇게 자지 말라니까."

원영은 여자아이가 둘둘 말고 있는 이불을 쥐고 힘껏 잡아당겼다. 여자아이를 덮고 있던 이불이 한쪽으로 치워졌다. 하지만 여자아이는 깨지 않았다.

"어쩌죠?"

원영이 곤란하다는 눈빛으로 날 돌아보았다.

"할 수 없지. 그 방법을 쓸 수밖에."

"그 방법밖에 없겠죠?"

원영이 결연한 표정으로 여자아이를 보며 말했다. 내가 고개를 끄덕이자 원영이 여자아이를 번쩍 들어 올렸다. 그리곤 복도 건너편의 욕실로 가더니 욕조에 여자아이를 던져 넣었다.

"악! 어푸푸푸."

여자아이가 눈을 번쩍 뜬 채 비명을 지르며 버둥거렸다. 머리까지 흠뻑 젖은 채 물을 뚝뚝 흘리며 일어섰다.

"갑자기 욕조에 던지면 어떡해요. 그러다 심장마비라도 걸리면."

"명부 안 나왔어. 안 죽어."

뒷짐을 진 채 여자아이를 보며 말했다. 그 소리에 여자아이가 삐져서 씩씩대며 쏘아보았다. 그리곤 고개를 홱 돌려 원영을 바라보았다.

"너도 그래. 시킨다고 매번 시키는 대로 하냐?"

여자아이는 화가 머리끝까지 났는지 잡아먹을 듯 원영을 노려보았다. 그러자 원영이 난처한 표정으로 눈을 내리깔았다.

"언니 미안해. 차사님 말씀이잖아. 어떡해. 난 힘없는 뱀파이언데."

원영이 두 손을 모으고 가련한 표정을 지었다.

"내려와."

씩씩대는 여자아이를 두고 욕실을 나왔다.

"언니 빨리 와. 갈아입을 옷 거기 걸어놨어요."

원영이 싱긋 웃으며 욕실의 문을 닫았다. 그리곤 한껏 신난 표정으로 말했다.

"이거 며칠 안 했더니 뭔가 허전하고 빠트린 거 같은 거 있죠. 은근 중독성 있다니까요."

새하얀 이를 보이며 환하게 웃었다.

"내일은 어떻게 할까? 장미 꽃잎을 뿌려놓을까?"

원영이 혼자 재잘거리며 신이 나 계단을 내려갔다. 그러고 보니 매일 아침 여자아이를 욕조에 던져 넣는 게 어느새 모닝 루틴이 되었다. 언제부턴가 욕조에는 따듯한 물이 받아져 있고, 여자아이가 갈아입을 옷이 준비되어 있었다. 원영이 이불을 걷어내는 속도와 욕조 중앙에 던져 넣는 정확성도 점점 향상되고 있다.

여자아이가 젖은 머리를 수건으로 문지르며 식탁에 앉았다. 아줌마가 아침을 차려주었다. 원영이 여자아이 앞에 갓 내린 커피를 가져다주었다. 향긋한 커피 향이 기분 좋게 퍼졌다.

"혜원이는?"

"언니는 아침 조깅하고 와서 벌써 갔어요."

"그래."

여자아이가 고개를 끄덕이며 토스트를 한입 크게 베어 물었다. 토스트를 우물거리며 여자아이가 날 쳐다보았다.

"문규 아저씨는 오셨어요?"

"응. 어제 늦게."

잔을 들어 커피를 마시자 여자아이도 따라 마셨다.

"휴가는 어땠었대요? 좋았었대요?"

"말 마라. 3박 4일이 왜 그렇게 짧냐고 난리다. 난리 치는 꼴이 조만간 연차 휴가랑 주말 휴무 달라고 시위할 기세다."

내 말에 여자아이가 킥킥대며 웃었다.

"휴가 주면 되잖아요."

"말이 되는 소리를 해야지. 그럼 저승사자가 망자한테 주말은 휴무니까 평일에 돌아가세요, 라고 해? 또 휴가 때는 휴가니까 갔다 올 때까지 죽지 말라고 해? 무슨 말이 되는 소리를 해야지."

내가 팔짱을 낀 채 투덜거렸다. 돌아오자마자 나를 붙잡고 징징대는 문규가 귀찮아서 아침 일찍 원영의 집으로 내려왔었다.

"하긴 쉬는 날이라고 죽지 말라고 하는 것도 웃기겠다."

여자아이가 키득거렸다.

"늦겠다. 빨리 먹어."

"바로 나가야 돼요. 언니."

옆에서 원영도 재촉했다.

"그래. 옷 입고 내려올게."

여자아이가 입에 토스트를 밀어 넣고 일어나며 말했다. 그리곤 2층으로 오르는 계단을 우다다 달려 올라갔다.

"야. 야. 정신 차려."

여자아이의 귀에 한껏 소리쳤다. 여자아이가 벌떡 일어나며 잠에 취한 머리를 흔들었다. 수업 시간에 조는 게 특별한 일은 아니지만 오늘은 아예 대놓고 엎드려 자고 있었다. 선생님에게 몇 번이나 걸리고도 수업만 시작되면 정신을 차리지 못하고 졸았다.

"너 오늘은 유난히 정신 못 차린다."

"그러게요. 춘곤증에 식곤증까지 와서 그런가 봐요."

여자아이가 내려앉는 눈꺼풀을 억지로 끌어올리며 말했다. 하긴 쉬는 시간에 빵 다섯 개에 과자 세 봉지를 먹었으니 식곤증이 올 만도 했다. 짧은 시간에 그게 다 어디로 들어가는지 신기할 정도였다.

"야. 야. 선생님 표정 안 좋아. 평소같이 티라도 안 나게 해봐."

"예."

여자아이는 앞머리를 내리고 자세를 바로 해보려고 했다. 하지만 이내 고개가 푹 하고 떨어지더니 바로 책상에 엎드렸다. 그러자 어김없이 선생님의 불호령이 떨어졌다.

"거기 강혜수 좀 깨워라."

"혜수야. 일어나. 혜수야."

여자아이의 짝인 유리가 흔들어 깨우자 겨우 일어났다. 옆에서 보고 있는 게 민망해서 밖으로 나왔다. 휘릭 옥상으로 향했다. 옥상에서 담배를 피우고 있던 아기동자가 나를 보자 바로 담배를 뒤로 던졌다.

"별일 없지?"

"네."

"나 잠깐 갔다 올게. 잘 지키고 있어."

"넵."

아기동자가 대답하며 경례를 붙였다. 할 일도 없고 해서 가까운 산의 신선을 찾아갔다. 산꼭대기에서 혼자 바둑을 두고 있던 신선이 반갑게 맞아주었다. 봄이라서 그런지 산 뻐꾸기의 소리가 들려왔다. 뻐국, 뻐꾹 우는 소리를 들으며 둘이서 바둑을 두었다.

"친구분 휴가는 잘 다녀오셨는가?"

"예. 요즘 부쩍 이승 일에 관심을 갖더니 엉뚱한 일을 벌였나 봅니다. 저승사자가 휴가는 무슨."

"허허허. 사자가 이승 일에 관심을 가지면 그럴 수도 있겠군."

신선이 수염을 쓰다듬으며 웃었다.

"그래서 그렇게 이승 사람들처럼 살고 싶으면 환생하라고 했습니다."

"허허허. 그래서 환생한다고 하던가?"

"여자친구와 헤어지는 건 싫다고 죽어도 환생은 안 한다고 합니다."

"허허허허."

신선이 호탕하게 웃음을 터트렸다. 신선에게는 웃음거리일지 몰라도 내게는 골칫거리였다. 다음에는 절대 문규 일을 도와주지 않겠다고 속으로 다짐했다. 한동안 바둑을 두고는 일어섰다. 바둑알을 정리하는 나를 보고 신선이 물었다.

"그만 가시게?"

"네. 들러볼 데가 있어서요."

"그러시게나. 살펴 가시게."

신선이 따라 일어서며 말했다. 꼭대기의 나뭇가지가 바람에 흔들렸다. 신선의 배웅을 받으며 산을 떠났다. 그리곤 지난번 구미호와 싸웠던 장소로 향했다. 저 멀리 풀숲 아래 망자의 시신이 보였다. 그새 동물들이 뜯어 먹었는지 시신은 해골만 남아 있었다. 혹시나 해서 주변을 돌아보았다. 하지만 수상한 기척은 없었다. 주의를 기울이며 천천히 시신 쪽으로 다가갔다. 혼령은 인도했지만 시신은 죽은 지 며칠이 되도록 사람들에게 발견되지 않고 이곳에 누워 있었다. 가까이 다가가서 시신을 살펴보았다. 해골은 살점 하나 없이 깨끗했다. 자세는 반듯하게 위를 보고 있었다. 좀 더 자세히 살펴보려고 시신에게 다가가는 순간 나를 향해 살기가 날아왔다. 경계하고 있던 차라 바로 몸을 솟구쳐 위로 피했다. 돌아보자 나를 공격한 것은 예상대로 지난번 공격했던 구미호였다. 구미호의 공격을 예상하고 순간 허공으로 피했다. 하지만 얼마 못 가 무언가에 가로막혔다. 시신을 향해 다가갈 때는 아무런 기척이 없었는데, 급히 벗어나려고 하니 무언가가 가로막았다. 날아드는 살기에 무의식적으로 옆으로 피했다. 보이지 않는 벽을 따라 미끄러졌다. 그 순간 구미호의 발톱이 눈앞을 휙 스쳐 지나갔다. 내 움직임이 막힐 것을 미리 알고 있는 듯한 행동이었다. 구미호의 공격이 빗나가자 주변에서 살기들이 날아들었다. 재빨리 핸드폰의 비상 버튼을 눌렀다. 구미호는 무언가 기척을 느꼈는지 순식간에 도망쳤다. 주변에서 날아들던 살기들도 사라졌다. 뒤쫓아 가려고 했지만 무엇인가에 막혀 더 이상 갈 수가 없었다. 금세 추격팀이 나타났다.

"그 구미홉니다. 저쪽으로 도망쳤습니다."

내가 구미호가 도망친 방향을 가리키며 말했다. 추격 팀장이 고개를 끄덕이고는 팀원들을 돌아보았다.

"1, 2, 3팀은 추격하고, 4팀은 주변을 조사하도록. 그리고 해수 차사는."

"여기 뭔가 있습니다. 나갈 수가 없습니다."

손으로 허공을 밀며 추격 팀장을 바라보았다. 마치 보이지 않는 벽이 앞을 가로막고 있는 형국이었다. 추격 팀장이 그걸 보더니 말했다.

"동방 팀장에게 연락하겠네."

추격 팀장은 핸드폰으로 바로 연락을 취했다. 이내 동방 팀장이 팀원들과 함께 숲에 모습을 드러냈다. 그리곤 내게 다가왔다. 그런 동방 팀장을 향해 말했다.

"조심하십시오. 뭔지 몰라도 나갈 수가 없습니다."

손으로 허공을 밀어 보이며 말했다. 동방 팀장은 앞에 다가와 가만히 손을 들이밀어 보았다. 별다른 이상이 없는지 내게 다가섰다. 그리곤 동방 팀장은 다시 뒤로 물러섰다. 한두 차례 그런 행동을 하더니 나를 바라보았다.

"나는 괜찮은 것 같은데. 해수 차사 다시 해보시겠나."

동방 팀장의 모습을 보고 다시 나가보려고 했다. 하지만 보이지 않는 벽에 막혀 나갈 수가 없었다.

"역시 그렇군."

동방 팀장이 다시 다가오며 말했다.

"구미호가 도망쳤다는 말에 해수 차사만을 노린 결계가 아닌가 했는데 맞는가 보군. 다른 사람들에게는 영향이 없으니 들어오게."

동방 팀장이 뒤를 돌아보며 팀원에게 손짓을 했다.

"결계의 경계를 확인해봐 주겠나?"

동방 팀장이 나를 보며 말했다. 그 말에 천천히 결계의 경계를 따라 움직였다. 해골을 중심으로 대략 직경 30미터 정도의 원이 그려졌다.

"저 시신이 중심이군. 한번 살펴보세나."

동방 팀장과 팀원은 백골 시신으로 다가가 살펴보기 시작했다. 찬찬히 살펴보던 중 척추 하나가 이상해 보였다. 그때 옆에 있던 조사 팀원이 그 척추를 가리키며 말했다.

"팀장님 저기, 척추가."

그 뼈는 척추뼈이긴 하지만 다른 뼈와 조금 다른 모양이었다. 동방 팀장이 기운을 불어넣자 척추에서 검은 연기가 피어올랐다.

"혈마법이군. 결계를 만들 때 많이 사용하는 방법이지."

동방 팀장은 눈을 감고 기운을 모은 뒤 허공에 글자를 썼다. 그 글자의 기운을 좀 전의 척추뼈에 불어넣자 날카로운 소리가 나며 검은 연기가 뿜어져 나왔다. 주위를 휘감은 검은 연기는 이내 흩어져 사라졌다.

"처리된 것 같으니 확인해 보시겠나?"

동방 팀장의 말에 결계를 벗어나 보았다. 팀장의 말과 같이 막히는 것 없이 허공을 벗어날 수가 있었다.

"결계가 사라진 것 같습니다."

"예전에는 마물이나 악귀들을 잡으려고 이런 결계를 사용했는데 나도 오랜만에 보는구만."

동방 팀장이 자리를 털고 일어섰다.

"자세히 살펴보고 보고하게."

동방 팀장이 함께 온 팀원에게 조사를 맡겼다. 그리곤 나를 돌아보았다.

"무슨 이유에서인지 모르겠지만 구미호가 해수 차사를 노리는 게 사실인 모양이네. 미리 준비하길 잘했네."

"그러게나 말입니다."

나도 동감하는 바였다. 구미호를 쫓아갔던 추격팀들이 하나씩 돌아왔다. 빈손으로 돌아온 걸 보니 모두 구미호를 놓친 듯싶었다.

"추격에 실패한 모양이네."

"바로 눈앞에서 기척을 없앤 자들입니다. 기척을 없애고 재빠르게 움직이니 추격하기 힘들 겁니다."

동방 팀장을 보며 내가 말했다.

"그러니까 여기 다음에 여기, 여기를 통해 여기, 여기, 여기로 가는 거고…"

여자아이는 책상에 그림을 펼쳐두고 자신의 몸 여기저기를 만지고 있었다.

"뭐 하냐?"

"아, 차사님 오셨어요?"

여자아이가 쑥스러운 표정으로 쳐다보았다. 해골과 사람의 혈관이 그려진 이상한 옷을 입고 있었다.

"뭐냐? 핼러윈도 아니고."

"이거요? 혈맥을 표시한 옷이에요. 수련할 때 쓰려고요."

잠자코 고개를 끄덕였다. 요즘 기한과 같이 수련한다고 하더니 뭔가 하기는 하는 모양이었다.

"효과는 있고?"

"모르죠. 그 아저씨가 얘기하는 걸로는 2년은 해야 효과가 있대요."

"금방이네."

무심코 대꾸하는데 여자아이가 눈을 부릅떴다.

"금방요? 2년이 금방이라고요?"

여자아이가 두 눈을 커다랗게 뜨고 바라보았다.

"2년이면 금방이지. 하긴 너에게는 오랜 시간일 수도 있겠다."

피식 웃었다. 700년 이상을 살아온 내게 2년은 얼마 안되는 시간이었다. 하지만 이제 겨우 10여 년을 산 여자아이에게는 긴 시간일 수도 있겠다는 생각이 들었다.

"살다 보면 2년은 금방이야. 커피나 한잔하자."

"지금요? 저녁인데. 늦은 시간에 커피 마시면 잠 안 오는데."

"네가? 어차피 새벽 두세 시까지 안 자잖아. 게다가 저번에는 커피 마시고도 바로 잤잖아."

"그런 건 잊어먹지도 않아."

여자아이가 작은 소리로 구시렁거렸다. 그 순간 문이 열리며 원영이 생글생글 웃으며 들어왔다.

"차사님. 커피 드실래요?"

때마침 타이밍 맞춰 커피 세트를 가지고 왔다. 그런 원영을 여자아이가 째려보았다. 그러거나 말거나 원영은 들고 온 쟁반을 방의 테이블에 내려놓았다. 향긋한 커피 향이 방 안 가득 퍼졌다.

4월 10일

혜수

창문의 커튼 틈으로 햇빛이 하늘하늘 비쳐 들었다. 정원의 새들이 날아다니며 지저귀는 소리가 들렸다. 상쾌한 아침이었다. 푹 잤는지 개운했다. 한껏 기지개를 켜고 일어나 앉았다. 시간을 보니 알람이 울리기 전이었다. 어라? 이렇게 일찍 일어나다니? 아무리 늦잠을 자도 항상 피곤했었는데. 지금은 알람이 울리기도 전인 이른 시간인데도 피곤하지 않았다. 일찍 일어난 김에 느긋하게 샤워나 해볼까? 욕실로 가는데 혜원이가 운동복 차림으로 방에서 나왔다. 나를 보더니 놀란 듯 말했다.

"네가 웬일이냐?"

"그냥. 눈이 떠져서."

"별일이네. 나 조깅."

혜원이가 가볍게 계단을 달려 내려갔다. 복도 끄트머리에 있는 욕실로 들어갔다. 욕조에는 따뜻한 물이 받아져 있었다. 오늘은 장미 꽃잎까지 뿌려져 있었다. 기분 좋은 향기가 났다. 욕조에 들어가 따뜻한 물에 몸을 담갔다. 온기가 기분 좋게 몸을 휘감았다. 한참을 담그고 있다가 일어났다. 벽에 걸린 장미꽃 문양이 수놓아진 가운을 입고 욕실을 나왔다. 방에 들어서자 해수 차사가 기다리고 있다가 놀라 돌아보았다.

"어디 갔다 온 거냐?"

"씻고 왔는데요. 왜요?"

"네가? 깨우기도 전에는 절대 일어나는 일 없는 네가?"

"네, 그냥 일어나지더라고요."

수건으로 머리를 닦으며 책상 앞에 앉았다. 방문 열리는 소리에 돌아보자 원영이었다.

"차사님. 저 왔어요."

원영이 환하게 웃으며 다가왔다. 책상 앞에 앉아 있는 나를 보더니 화들짝 놀라 쫓아와서 머리를 짚었다.

"언니, 혜수 언니 맞아? 어디 아픈 거 아냐?"

"아냐. 아프면 늦게 일어나지 일찍 일어날 리가 없지."

"이상해, 이상하다니까."

원영이가 연신 내 팔다리를 만져보며 괜찮은지 살펴봤다. 얼굴을 곰곰 뜯어봤다가 이마를 짚었다가 하면서 수선을 피웠다.

"난 괜찮아. 저 옷 갈아입어야 하는데…"

"아, 그래, 그래."

그 말에 차사님과 원영이 당황한 듯 방을 나갔다.

"힝, 욕조에 장미 꽃잎까지 뿌려뒀는데."

방을 나서며 원영이 중얼거렸다. 아, 어쩐지 장미 꽃잎이 뿌려져 있더라. 원영의 기대를 어긋나게 한 것 같아 살짝 웃음이 났다.

"1등이다."

내가 제일 먼저 매점에 도착해 인가샌드위치를 덥석 집었다. 얼마 전부터 들어오기 시작한 신상인데 인기가 있어 언제나 먼저 떨어졌다. 이어 혜원이가 도착했다. 역시 인가샌드위치를 집어 들었다.

"헉, 헉, 너 뭐야. 왜 이렇게 빨라?"

혜원이가 숨을 몰아쉬며 물었다.

"나? 나 그냥 평소처럼 뛰었을 뿐인데?"

생각해 보니 혜원이가 검술 수련하면서 조깅을 시작한 후로는 매점까지 달리기에서 혜원이를 이겨본 적이 없었다. 하지만 오늘은 달랐다. 혜원이보다 빨리 왔고 숨도 차지 않았다. 혜원이는 힘든지 샌드위치를 먹으면서도 연신 숨을 몰아 쉬며 헐떡거렸다.

"아, 좀 천천히 가지."

그제야 채원이와 민주가 도착했다. 애들은 달아오른 얼굴로 나와 혜원이를 보며 숨을 씩씩거렸다.

"혜수?"

부르는 소리에 돌아보자 나코였다. 동그랗고 귀여운 얼굴이 날 향해 웃고 있었다.

"어, 나코."

나코가 가까이 다가왔다. 손에 소시지와 아이스크림을 잔뜩 사 들고 있었다.

"나코, 오늘 원영 집으로 간다."

"오늘 오는 거야?"

"응. 오늘이다."

나코가 고개를 끄덕이며 말했다. 갑자기 나타난 나코의 존재가 궁금했는지 애들이 물었다.

"무슨 얘기야? 누구?"

"누구야?"

"아, 여기는 나코. 선생님이 얘기하셨던 일본 자매학교에서 온 교환학생. 1반이래."

"아."

내 설명에 애들이 나코와 인사를 했다.

"지금 아는 분 집에 있는데 오늘부터 원영이네 집에서 같이 살 거야. 원영이가 일본어도 잘하고 집도 커서, 같이 있으면 나코가 적응하는 데 편할 거 같아서 그렇게 하기로 했어. 이따 점심시간에 원영이랑 같이 보자."

"응. 점심시간이다. 원영 만난다."

나코가 따라 말하며 자리에서 일어섰다. 그사이 소시지를 다 먹고 아이스크림도 반을 해치웠다. 나코의 먹성에 애들이 놀란 듯 입을 벌리고 쳐다보고 있었다.

"부러워. 저렇게 먹고 어떻게 저렇게 작고 날씬할까?"

채원이가 나코를 보며 부러워했다. 구미호니까 그렇지. 내가 속으로 중얼거렸다.

"뭐야. 재? 언제 같이 사는 걸로 얘기된 거야?"

혜원이가 궁금한 눈빛으로 물었다.

"저번에."

그러고 보니 나코랑 얘기할 때 혜원이는 없었다. 그래서 어떻게 된 건지 자초지종을 모르는 것 같았다.

"재 뭐야?"

"이따 집에서 얘기해 줄게."

내 대답에 혜원이가 나코의 뒷모습을 흥미진진하게 바라보았다. 그래, 그거야. 네가 기대하는 그거. 나코의 정체를 알고 좋아할 혜원이의 모습이 벌써 눈에 선하게 그려졌다.

"그건 그렇고 너 아까 달리기, 수련 때문에 그런 거야?"

"그런가?"

혜원이의 물음에 내가 손을 허공에 휘저어 보았다. 집에서와 달리 별다른 느낌이 없었다.

"나도 그거 같이 받으면 안 돼?"

혜원이가 호기심 가득한 얼굴로 물었다.

"너 기한 아저씨 보지도 못하잖아. 소리도 못 듣고."

"어떻게 안 될까?"

혜원이가 부탁하는 표정을 지으며 바싹 다가앉았다. 하긴 오컬트 마니아니까 어떻게든 기한 아저씨에게 트레이닝 받으려고 하겠지. 그렇다면.

"너 내림굿 받아볼래?"

"그거 받으면 나도 보이는 거야?"

혜원이가 눈을 반짝이며 다가붙었다.

"나도 내림굿 받고 나서 차사님이 보였어. 다른 신장들도."

"그래? 그거 아무나 받을 수 있는 거야?"

그냥 미끼로 던진 말인데 혜원이가 덥석 물어버렸다. 지난번 할머니에게 물어봤더니 내림굿을 받지 않은 제자는 없다고 했다. 그 얘기를 어떻게 해야 하나 고민하고 있었는데 뜻밖에 혜원이가 걸려들었다. 혜원이의 목적이 기한 아저씨에게 트레이닝 받는 거니까 기한 아저씨에게 넘긴다고 해서 싫어하지도 않을 것이다. 고민 해결. 고개를 끄덕이며 혜원이를 쳐다보았다.

"영기가 있으면 될 거야."

"그거면 돼?"

"응. 근데 내림굿하는데 돈 드는데."

"엄마, 아빠한테 달라고 하지."

혜원이가 태평하게 말했다.

"뭐라고 해서?"

"학원비, 족집게 과외, 뭐 많잖아."

"돈만 받고 하진 않을 거잖아. 안 걸려?"

"내 성적에 걸리겠냐?"

혜원이가 어깨를 추켜올리며 말했다. 하긴 항상 전교 1등에 모의수능 점수도 전국 100등 이내인 혜원의 성적이면 공부에 대해서는 의심받을 일이 없기는 했다.

"일단 할머니에게 알아볼게."

"그래. 수업 시간 됐다. 가자."

아이들과 자리를 정리하고 매점을 빠져나왔다. 화단에서는 싹이 돋기 시작하는 나무들이 바람에 하늘하늘 흔들리고 있었다.

벤치에 앉아 손을 들여다보았다. 쉬는 시간 달리기도 그렇고, 수업 시간에도 평소와 달리 졸리지 않았다. 크게 집중을 하지 않아도 선생님의 말과 교과서 내용이 머리에 쏙쏙 들어왔다. 뭐지? 정말 수련 때문인가? 정신을 집중하고 수련할 때의 느낌을 떠올리며 영기를 순환시켰다. 할로우 포인트가 아니어서 그런지 집에서보다 훨씬 약하게 느껴졌다. 거의 느껴질락 말락 할 정도로 약한 느낌이라고 할까. 하지만 이전과 달리 뭔가 느껴지긴 했다. 고개를 들어 주위를 둘러보았다. 멀리 운동장이나 스탠드나 오늘따라 썰렁했다. 유리는 월평 연습 때문에 선생님에게 얘기하고 먼저 갔고, 채원이는 공부하러 갔다. 성진 오빠가 간 대학에 자기도 가겠다며 점심시간에도 공부하러 가는 일이 잦아졌다. 뭔가 독하게 마음을 먹은 모양이었다. 오늘은 아침부터 혜원이에게 기출문제 범위를 가르쳐달라고 졸라대더니 점심시간에 쪼르르 쫓아왔다. 채원이가 간식을 사준다는 말에 혜원이도 오케이했다. 채원이가 혜원이와 함께 공부를 시작하자 민주도 공부 그룹에 합류했다. 그동안 민주는 채원이와 함께 옷을 사거나 꾸미는 걸 좋아했는데, 채원이가 공부를 하자 잠깐 고민하는 눈치더니 어느새 자기도 공부를 시작했다. 벤치에 등을 기대고 머리칼을 쓸어 넘겼다. 애들이 없으니 점심시간에 원영이와 나코랑 놀기로 했다.

"언니."

어느새 다가온 원영이 반갑게 인사하며 앉았다. 원영과 만나기로 해서 그늘 쪽 벤치에 자리를 잡았다.

"왔어?"

"응. 나코 언니는?"

"오겠지. 아, 저기 온다."

나코가 양손에 간식거리가 들어 있는 커다란 비닐봉지를 끼고 다가왔다. 나코는 원영과 내 사이에 자리를 잡았다. 무릎에 올려놓은 봉지 사이로 다양한 간식거리가 가득했다.

"나코. 점심 안 먹었어?"

"먹었다."

나코는 왼손에 든 치즈 핫도그를 크게 한입 베어 물며 대답했다. 그리곤 바로 오른손의 핫바를 베어 물었다. 두세 입만에 핫도그와 핫바를 해치우고는 패밀리용 아이스크림을 꺼내 스푼으로 떠먹기 시작했다.

"나코 언니, 오늘 올 거야?"

"응. 나코 정리 끝났다. 오늘 저녁 간다."

나코가 원영의 물음에 고개를 끄덕이며 연신 아이스크림을 먹었다.

"언니는 메뉴 어떤 거? 생고기?"

"안 얼린 고기. 간이 좋다."

나코가 말하며 입을 다셨다. 귀여운 얼굴로 아이스크림을 먹으며 전혀 귀엽지 않은 식성을 얘기했다. 역시 구미호. 그 말에 원영이가 생긋 웃었다.

"아줌마한테 얘기해 놓을게."

"나코, 금으로 준다."

"금? 금은 왜?"

"나코 많이 먹는다. 식비 많이 나온다. 나코 먹은 거 나코가 낸다."

어느새 커다란 봉지의 반 이상을 비워버린 나코가 말했다. 이 정도면 정말 식비가 어마어마하게 들 것 같았다.

"괜찮아, 언니. 나도 돈 많아. 그리고 패밀리어가 하는 정육점이 몇 개 있어. 걱정 안 해도 돼."

"잘됐다. 고기 좋은 걸로 먹을 수 있겠다."

나코는 고기를 먹을 생각에 기분이 좋은 듯 혀로 입술을 핥았다. 동그랗고 귀여운 얼굴에 눈빛이 초롱초롱했다. 옆에 앉아 둘의 대화를 듣고 있으니 얘들이 사람이 아닌 존재라는 걸 새삼 깨닫게 되었다. 그런데 나는 왜 이런 얘기를 아무렇지 않게 듣고 있지? 생간에, 좋은 고기라. 유리나 채원이 같은 애들이 들으면 기절할 소리뿐인데.

"그럼 오늘부터 나코도 우리랑 같이 살게 되는 거네. 잘 부탁해."

내가 손을 내밀자 나코가 그 손을 잡았다.

"나코, 잘 부탁한다."

"그런데 나코, 아빠랑 언니들 소식은 있어?"

"아니. 없다."

나코가 소시지를 뭉텅뭉텅 베어 먹으며 고개를 저었다. 그리곤 얼마 남지 않은 간식들이 아쉬운 듯 봉지 속을 들여다보았다.

"어떡해. 걱정되겠다."

"걱정 안 한다."

나코는 고개를 흔들며 새 과자 봉지를 뜯어 한입에 털어 넣었다. 먹성이 어찌나 좋은지 간식이 빛의 속도로 사라졌다. 그 태평스러운 모습에 내가 고개를 갸우뚱했다.

"아빠랑 언니가 갑자기 사라졌는데 걱정 안 돼?"

"걱정 안 한다. 아빠, 언니 강하다. 아빠, 언니 해칠 수 있는 사람 없다."

"그런데 왜 찾으려고 해?"

"궁금하다."

"궁금해서?"

"응. 왜 나코만 남기고 사라졌는지 궁금하다."

나코는 이윽고 텅 빈 비닐봉지를 들고 탈탈 털기 시작했다. 양손에 들고 온 간식들은 어느새 흔적 없이 사라졌다. 그걸 원영이가 보더니 물었다.

"언니, 과자도 준비해 둘까요?"

"너무 좋다."

"제과 대리점 하는 패밀리어한테 얘기하면 돼요."

"원영 너무 좋다."

나코가 좋아하며 원영에게 폭 안겼다. 그동안 혜원이가 해치운 그 많은 스테이크와 과자도 다 원영의 패밀리어에게서 나온 거였다. 원영이가 뱀파이어인 게 여러모로 편리했다. 나코에 비하면 혜원이는 먹성이 좋다는 정도고, 나코는 어마어마했다. 비교 불가라고 할까. 내가 빈 봉지를 아쉬운 듯 보고 있는 나코를 향해 말했다.

"나코, 먹방 할 생각 없어?"

"먹방?"

"응. 네가 먹는 거 사람들에게 보여주는 거야."

"보여준다?"

나코는 무슨 소리인지 모르겠다는 표정이었다.

"그거 하면 돈 벌 수 있거든."

"돈을 번다?"

"응. 봐봐."

내가 얼른 너튜브 영상을 찾아 보여주었다. 나코는 고개를 숙이고 유심히 보았다. 내가 영상의 하단을 손으로 톡톡 쳤다.

"여기 구독자 수 보이지? 이렇게 몇백만 명이 와서 본다니까. 그러면 한 달에 몇억씩 번대."

나코는 먹방에 흥미가 있는지 눈을 빛내며 바라보았다. 그러나 잠깐 뭔가를 생각하는 것 같더니 고개를 흔들었다.

"나코 모습 많은 사람에게 알려지면 위험하다. 카메라 원래 모습 나올 수 있다. 구미호는 늙지도 않고 죽지도 않는다. 사람들 이상하게 생각한다. 인터넷 박제되면 안 된다."

나코가 고개를 저으며 폰을 돌려주었다.

"나코 금 많다. 돈 안 모자란다. 혜수 나코 생각해 준다. 혜수 좋은 사람. 나코 고맙다."

나코가 내 품에 안겼다. 얼떨결에 손으로 나코를 안았다. 좀 전에 원영이한테도 그렇고 나코는 사람들에게 안기는 걸 좋아하는 것 같았다. 나코는 내게 안겨서 부비부비했다. 꼭 고양이 같았다. 아, 얘 원래 여우였지? 고개를 들자 나코의 뒤로 살랑거리는 꼬리가 보이는 것 같았다.

혼자 방으로 들어왔다. 나코가 오면 같이 어울려야 하니까 미리 수련하려고 했다. 방 가운데 자리를 잡고 앉아 깊게 심호흡을 했다. 기한 아저씨가 알려준 대로 천천히 기를 순환시켜 보았다. 약하게 무언가 이끄는 대로 몸 안을 흘러가는 느낌이었다. 천천히 기를 순환시켰다. 기가 순환하면서 주위를 떠돌던 기운이 따듯하게 느껴졌다. 영기가 혈도를 따라 다크 스트림으로 흘러갔다. 그리고 다시 혈도를 따라 홀리 스트림으로 갔다. 그리고 다시 다크 스트림으로. 감긴 눈에 희뿌연 그림자가 보였다. 한 명이 아니라 여러 명의 그림자였다. 누구지? 자세히 보려고 정신을 집중하자 뿌옇던 그림자가 조금씩 선명해졌다. 차사님? 모습이 선명하지는 않지만 왠지 차사님 같았다. 조금 더 자세히 보려고 정신을 집중했다. 흐릿하던 모습이 더 선명해졌다. 해수 차사였다. 회의를 하는지 다른 사람들과 얘기하고 있었다. 무심코 해수 차사에게 손을 뻗었다. 그때 다크 스트림을 흘러나온 영기가 주위의 영기를 빨아들이기 시작했다. 빨려 들어온 영기는 다크 스트림을 통과한 영기의 영향을 받아 차갑고 섬뜩한 영기가 되었다. 서늘하고 섬뜩한 영기는 강렬하게 주위의 영기를 빨아들였다. 빨려 들어온 영기도 차갑고 섬뜩한 영기로 바뀌었다. 그리고 점점 더 많은 영기를 빨아들였다. 내 주위의 영기가 강렬하게 소용돌이치며 빨려 들어왔다. 소용돌이의 중심에 영기가 집중되며 뜨거워졌다. 차갑고 섬뜩한 영기와 뜨거운 영기가 충돌하며 영기가 더 강하게 휘몰아쳤다. 영기의 소용돌이에 정신이 아득해졌다. 차사님의 모습이 흐릿해졌다. 차사님에게 도움을 청하려고 손을 뻗었다. 순간 영기의 소용돌이 중심에서 엄청난 열기가 뿜어져 나왔다. 와락 허리가 뒤로 젖혀지며 두 팔이 활짝 펴졌다. 그리곤 엄청난 열기가 폭발하며 뿜어져 나갔다. 온몸의 기운이 빠져 그 자리에 풀썩 쓰러졌다.

"언니, 무슨 일이에요?"

방문이 부서지며 원영이가 뛰어들었다. 바로 달려와 날 부축해 일으켰다.

"언니, 언니."

"괜찮아. 기운이 없어서 그래."

"뭐냐? 무슨 일이냐."

익숙한 목소리가 들려 돌아보자 어리둥절한 표정의 해수 차사가 서 있었다.

"차사님?"

인사를 하는데 기운이 없었다.

"이게 무슨."

해수 차사가 주위를 둘러보며 놀란 목소리로 말했다.

"언니 괜찮아요?"

원영이가 내 팔다리를 만져보았다. 또 뒤에서 다른 목소리가 들렸다.

"아, 분위기 좋았는데. 너 또 뭐야. 엇, 차사님. 안녕 레이디."

노기한이 투덜거리며 들어오다 차사님과 원영을 보더니 얼른 인사했다.

"아저씨는 어떻게?"

"너 때문이잖아. 얼마나 세게 끌어당기는지 지구 반대쪽까지 튀어 나갔다 왔잖아."

노기한이 금발 머리를 절레절레 흔들었다. 방금 전 일로 기한 아저씨도 함께 소환된 것 같았다. 차사님도 당황한 표정이었던 게 같이 소환된 모양이었다. 자리에서 일어나 앉았다.

원영이가 걱정스러운 듯 물었다.

"언니 괜찮아요?"

"응, 괜찮아."

"어떻게 된 거냐?"

해수 차사가 다가왔다.

"아니, 전 그냥 수련을 하고 있었는데."

"있었는데?"

차사님과 기한 아저씨, 원영이까지 빤히 나를 바라보았다. 왠지 죄인이 된 것 같은 기분이었다.

"그런데…"

얼른 눈을 내리깔았다.

"원영, 나 왔다."

나코가 부서진 문으로 고개를 내밀었다. 순간 해수 차사가 구미호? 하고 즉시 알아보았다.

"누구?"

나코는 차사님의 반응에 짐짓 놀란 듯 뒷걸음질을 했다. 그런 나코를 향해 해수 차사가 쏜살같이 달려들었다. 나코가 놀라 도망쳤다.

"차사님, 잠깐만요."

원영이가 소리치며 뒤를 쫓아갔다. 뛰어나가 보니 원영이가 차사님과 나코 사이를 가로막고 있었다.

"차사님 잠깐만요. 나코 언니도 잠깐만."

원영이가 손을 내저으며 둘을 말리는 중이었다. 하지만 해수 차사는 무서운 표정을 짓고 있었다. 나코도 금방이라도 차사님에게 달려들 듯 날카로운 이빨과 손톱을 드러내고 있었다.

"차사님. 잠깐만요. 무슨 일이에요?"

뭔가 막아야 할 것 같아서 나 역시 해수 차사 앞으로 뛰어들었다.

"저 아이는 인간이 아니다."

해수 차사는 나코에게서 시선을 떼지 않고 말했다.

"알아요. 나코 구미혼 거."

"안다고?"

해수 차사가 놀란 눈으로 쳐다보았다. 그때를 놓치지 않고 원영이가 해수 차사 앞으로 다가가며 말했다.

"나코 언니 구미호인 거 알아요. 하지만 저희를 해치거나 할 생각은 없어요. 나코 언니, 여기는 혜수 언니 신장인 해수 차사님이에요."

"신장? 차사가?"

나코는 원영의 말에 놀란 듯했다. 그러나 해수 차사가 내 신장이라는 말에 조금은 기세가 누그러졌다. 해수 차사 또한 나코의 반응에 역시 기운을 누그러뜨렸다.

“지난 며칠 사이 구미호에게 습격을 받았다. 그것도 두 번이나.”

해수 차사의 말에 놀라 내가 다가섰다.

“구미호에게 습격당하셨다고요? 괜찮으세요? 어디 다치거나 하신 거 아니에요?”

이리저리 살펴봤지만 사람이 아니라 어디가 다친 건지 알아볼 수가 없었다.

“다치거나 하진 않았으니까 괜찮아. 어떻게 습격에 대해 알고 있나? 이유가 뭐지?”

해수 차사가 나코를 돌아보며 물었다.

“나코, 야마나카 일족. 야마나카 일족 좋은 사람이다. 좋은 영 공격 안 한다.”

나코가 이빨과 발톱을 거둬들이며 대답했다. 그제야 해수 차사도 공격 태세를 거두었다.

“나코 가족 찾으러 왔다고 했어요. 사진도 보여줬어요. 나코 사진 있지? 차사님 보여드려 봐.”

“여기.”

나코가 핸드폰의 사진을 찾아 보여주었다. 아빠라고 했던 중년 남자와 젊은 여자들의 사진이었다. 해수 차사는 사진들을 살펴보다가 한 사람의 사진을 확대했다.

"이 사람은?"

해수 차사가 나코에게 확대한 사진을 보여주었다. 나코가 화면을 들여다보았다.

"마시로 언니다. 우리 중에서 가장 빠르다."

"나를 공격한 구미호가 이 여자다."

해수 차사의 말에 나코는 폰을 받아 들고는 다시 꼼꼼히 보며 고개를 저었다. 그리곤 이내 언니의 다른 사진을 찾아 보여주었다. 화면에는 나코와 같이 귀여운 얼굴의 젊은 여자 사진이 있었다.

"아니다. 마시로 언니 차사 공격 안 한다."

"맞다. 그 구미호가 두 번이나 날 습격했다."

"마시로 언니 아니다. 그럴 리 없다."

나코는 사진을 확인하고서도 믿을 수 없다는 듯 연신 고개를 흔들었다.

"현장을 보여줄 수 있다. 확인해 보겠나?"

"나코 보면 안다. 가자."

나코가 고개를 끄덕였다.

"잠깐만."

해수 차사는 어디론가 전화를 했다. 그러자 금세 낯익은 저승사자들이 나타났다.

"언니."

"그동안 잘 놀고 있었어?"

화정 차사가 자신을 보고 반가워하는 원영의 머리를 쓰다듬었다. 원영은 화정 차사에게 딱 달라붙어 애교를 떨었다. 문규 차사를 향해 나도 인사를 했다.

"안녕하세요. 문규 아저씨."

"문규 오빠라니까. 오빠."

"헤헤."

이제 자주 봤다고 농담을 했다. 그런 문규 차사를 해수 차사가 돌아보았다.

"나 얘랑 같이 잠깐 갔다 올게. 애들 좀 봐줘."

"네 파트너 잘 지켜줄게. 걱정 말고 갔다 와."

"커플 아니라니까. 갔다 올게."

해수 차사가 문규 차사의 농담에 발끈했다. 그리곤 이내 나코와 함께 어디론가로 향했다. 어질러진 거실과 쓰러진 가구들을 보고 있는 문규 차사를 향해 내가 몸을 돌렸다.

"어디 가시는 거예요?"

"응, 해수가 구미호에게 습격당한 현장. 근데 여기 무슨 일 있었냐? 폭풍이 쓸고 간 거 같다."

문규 차사가 주위를 둘러보며 말했다.

"그게…"

막 말을 꺼내려는데 문규 차사가 휙 몸을 돌려 달려갔다.

"자기야~ 기다려."

문규 차사는 물어보고는 대답을 듣지도 않고 화정 차사에게로 가버렸다. 문규 차사는 화정 차사와 같이 있으면 모든 신경이 그쪽으로만 갔다. 창을 통해 보니 문규 차사는 정원의 그늘 아래 원영과 놀고 있는 화정 차사 옆에서 흐뭇한 얼굴로 웃고 있었다.

혼자 수련이라도 할까 하다가 좀 전의 일이 생각나 그만두었다. 그러고 보니 기한 아저씨도 어디로 갔는지 어느새 사라지고 없었다. 지구 반대편까지 튀어 나갔다고 투덜대더니 그새 가버리다니.

"나 왔어."

혜원이가 집으로 들어섰다. 막 정원으로 나가고 있는 날 보더니 반갑게 물었다.

"나 기다렸냐? 다들 나와 있고."

"응. 기다렸어. 차사님 두 분이랑."

"차사님? 누구?"

혜원이가 주변을 두리번거리며 물었다.

"저기 원영이 옆에 화정 차사님이랑 문규 차사님."

"정말? 장난치는 거 아니지?"

"저기 원영이 하는 거 봐."

턱으로 나무 그늘에 있는 원영이를 가리켰다. 원영은 화정 차사에게 매달려 재롱을 부리고 있었다. 뭐라도 보이지 않나 하고 혜원이가 뚫어져라 그쪽을 바라보았다.

"그런다고 보이겠냐?"

"아, 정말, 너 그거 빨리 어떻게 안 될까?"

혜원이가 안달이 난 얼굴로 물었다. 내림굿을 말하는 거겠지.

"낼 전화로 할머니한테 물어볼게."

"빨리 알아봐 줘. 샤워나 해야겠다."

혜원이가 현관으로 향하며 말했다. 심심한데 같이 놀 사람도 없고 뭐 하지? 수련도 못 하고. 공부나 할까?

4월 11일

해수

"그러니까 해수 차사를 습격한 구미호가 야마나카 일족이라는 말이군."

"네. 같은 일족인 야마나카 나코라는 구미호가 확인해 주었습니다. 여기."

나는 나코라는 구미호가 보여준 사진을 띄워 동방 팀장에게 건넸다.

"일족의 수장인 야마나카 신레이입니다."

회의실에 있던 동방 팀장과 팀원들은 내가 보여주는 사진을 차례로 확인했다.

"또한 지난번 현장에 남겨진 결계 주문이 야마나카 일족이 사용하는 주문이라고, 같은 일족인 야마나카 나코라는 구미호가 확인해 주었습니다. 주문을 새긴 각인 방식도 야마나카 신레이의 방식으로 확인되었습니다."

"야마나카 일족이라는 것은 확실하군."

동방 팀장이 턱을 짚으며 말했다.

"네. 일족은 모두 열 명인데 야마나카 나코를 제외한 아홉 명이 함께 사라졌다고 합니다. 사진으로 확인해 보니 저를 습격한 구미호는 다섯째인 야마나카 마시로, 여기."

다시 나코라는 구미호가 공유해 준 사진을 동방 팀장에게 보여주었다. 동방 팀장은 주의 깊게 사진을 들여다보았다.

"야마나카 나코의 말에 따르면 모두 10갑자를 넘은 성체 구미호들이라고 합니다. 특히 일족의 수장인 야마나카 신레이는 15갑자를 넘은 구미호로 상급 악령이나 악귀도 소멸시킬 수 있을 정도의 강자라고 합니다. 오히려 사람을 해치는 맹수나 악귀들을 해치워 주변 사람들에게 신령으로 추앙받고 있었다고 합니다. 야마나카 신레이, 즉 산중 신령이라는 이름도 주변 사람들이 그를 그렇게 불러서 붙여진 이름이라고 합니다."

"그래."

동방 팀장은 내 설명에 고개를 끄덕이며 생각에 잠겼다.

"그런 자가 왜 해수 차사를. 거기에 대해서는 뭔가 짚이는 것이 없었나?"

"그 점에 대해서는 나코라는 구미호도 모르겠다고 합니다.

마시로라는 구미호가 습격한 것에 대해서는 그 구미호가 일족들 중에서 가장 빨라 정찰의 성격이 있었던 것이 아닌가 추정하고 있습니다."

"가장 빠른 자를 정찰로 보낸다. 정석적인 전략이지. 일단 구미호의 사진을 공유해 주시게."

"네."

동방 팀장의 요청에 따라 사진을 공유해 주었다.

"일단 나코라는 구미호를 제외한 나머지 아홉 마리가 해수 차사를 노리고 있다고 가정해야겠군."

"아마도 그렇게 생각해야 하지 않을까 합니다. 실제로 첫 번째 습격 때 다른 구미호도 있었습니다. 주변에 매복해 있다가 제가 그쪽으로 피하면 습격할 생각이었나 봅니다."

"자네가 피하는 방향에서 습격했다고 했지. 아마도 자네 주위에 매복하고 있었을 걸세. 자네가 피하는 방향에 맞춰 습격하려고 했을 게야."

"그랬겠죠. 제가 경험이 없었으면 그대로 당했을지도 모릅니다."

"그때 바로 위로 피한 건 잘한 일일세. 허허허."

동방 팀장이 웃으며 원탁 위의 찻잔을 들어 올렸다.

"그러게요. 그간 경험이 도움이 되었나 봅니다. 그런데 두 번째는 왜 혼자 습격을 했을까요? 제가 마음대로 피하지도 못하는데 그때 동시에 달려들었으면 당할 수도 있었는데."

"아마도 자신들의 결계가 자네에게 통한다는 확신이 없었을 걸세. 그리고 예상하지 못한 상황도 생각을 한 거겠지."

동방 팀장이 차를 한 모금 마셨다.

"예상하지 못한 상황이라면?"

"자네가 우리에게 연락을 한 것 같은 상황 말이지. 자네가 연락을 하자 바로 사라졌다고 했지."

"네. 전화를 꺼내 연락을 하자 바로 사라졌습니다."

"연락이 가능하다는 것을 알았으니 다음번에는 그것까지 대비해 공격할 걸세. 주의하게."

"결계 주술을 풀 방법은 어떻게…"

테이블 위에 놓인 손을 포개며 동방 팀장을 바라보았다.

"주술의 구조를 이해하고 해제해야 해서 단시간에 쉽게 되지는 않을 거야. 일단은 정기적으로 연락을 주시게. 연락이 안 되면 마지막 확인된 위치로 가는 걸로 하지. 그때까지 어떻게든 시간을 끌어보시게."

"알겠습니다."

대답은 했지만 얼마나 시간을 끌 수 있을지 확신은 없었다. 한정된 공간에서 성체 구미호 아홉 마리를 상대해야 하는 일이었다. 동방 팀장이 건너편의 팀원을 보며 물었다.

"해수 차사에게 들은 정보들 정리가 되었나?"

"네. 팀장님."

팀원은 노트북을 돌려 화면을 확인해 주었다.

"그럼 자네는 이 자료를 가지고 바로 일본으로 가서 이들에 대해 조사하게. 뭐든 정보가 있으면 바로 알려주고."

"네. 알겠습니다."

동방 팀장의 지시에 팀원은 자리를 정리하고 즉시 회의실을 떠났다. 동방 팀장은 손으로 내 앞에 놓인 차를 권했다. 그 권유에 찻잔을 들고 차를 마셨다. 동방 팀장도 차를 마시며 한숨 돌렸다.

"나코라는 구미호는 여자아이와 같이 있다고 했나?"

"네."

"괜찮겠나? 어쨌든 자네를 습격했던 구미호와 같은 일족이지 않나. 10갑자가 안돼 성체가 아니라고 해도 9갑자면 보통 사람이 상대할 수 있는 수준이 아닐 텐데. 더구나 어린 여자아이라면."

"걱정은 되지만, 같이 있는 흡혈귀가 보장하기도 했고. 무엇보다 나코라는 구미호는 제가 습격당하기 이전부터 여자아이와 알았다고 합니다. 여자아이를 해치려면 그전에 이미

해쳤겠죠. 아직까지 아무런 해를 입히지 않는 것을 보면 여자아이를 해칠 의사는 없어 보입니다."

"그렇다면 다행이지만. 그래도 잘 지켜보시게."

"네."

자리를 정리하고 일어섰다.

"그럼 저는 그만 일하러 가보겠습니다."

"그러시게. 무슨 일 있으면 연락 주시게. 나도 새로운 정보가 들어오면 바로 알려주도록 하겠네."

"예, 그럼."

동방 팀장에게 인사를 하고 조사팀의 사무실을 나왔다. 그리곤 지상으로 가는 전철을 타고 자리에 앉았다. 새벽녘이라 안은 텅 비어 있었다. 전철이 선로를 따라 달리며 덜컹덜컹 흔들렸다. 팔짱을 끼고 생각에 잠겼다. 지난밤 나코라는 구미호와 현장을 돌아보면서 나를 습격한 구미호들에 대한 자세한 얘기를 들을 수 있었다. 하지만 이들이 왜 나를 습격했는지에 대해서는 나코라는 구미호도 알지 못했다. 구미호는 사람을 해치기 때문에 저승사자와는 종종 마주치는 사이였다. 그러나 구미호의 행동이 천기를 어지럽히지 않는 한 서로의 일에 관여하지 않았다. 야마나카 일족도 마찬가지였다. 일본에서 저승사자와 마주친 적은 있지만 그들을 공격하거나 한 적은 없었다고 한다. 그렇다면 도대체 그들이 나를 공격한 이유는 무엇인가? 이런저런 생각을 하는 사이 전철이 내려야 할 역에 도착했다.

전철역 바깥으로 나와 목적지를 확인했다. 버스로 몇 정거장을 가야 하는 교외의 한적한 동네였다. 길은 다니는 사람이 없어 조용했다. 이제 막 동이 트려는지 산 너머로 붉은 해가 떠오르고 있다. 어디선가 멀리 개가 컹컹 짖어대고 새들이 재잘거렸다. 아침의 선선한 바람이 나뭇가지를 들추고 지나갔다. 핸드폰의 지도를 보며 길을 따라 걸었다. 아담한 단독주택 앞에 멈춰 섰다. 마당이 있는 단층 구조의 주택이었다. 집 앞에 작은 경차가 한 대 서 있었다. 집은 조금 낡았어도 마당이 잘 가꾸어져 있고, 거실 창도 반짝였다. 담장에 앉아 있던 고양이가 게으르게 하품을 하더니 후다닥 튀어 사라졌다.

고개를 들어 주소를 확인했다. 맞았다. 머리를 끄덕이고는 대문을 통과해서 안으로 들어갔다. 현관 옆 화분 속의 꽃들이 싱그럽게 피어 있었다.

거실로 들어섰다. 작고 소박한 거실은 가구가 많지 않았다. 그래서인지 안이 더 넓어 보였다. 가구들은 오래되어 보였지만 관리가 잘된 듯 반들반들 윤기가 흘렀다. 주방 역시

간소하고 청결했다. 살림살이들은 깨끗하고 정성껏 손질되어 있었다. 실내가 아늑하고 정감이 느껴지는 게 사는 사람의 애정이 느껴졌다. 창 앞의 흔들의자에 노인이 앉아 졸고 있었다. 고개를 끄덕이며 핸드폰의 명부를 보았다. 이제 시간이 다 되어가고 있다. 잠시 뒤 흔들의자가 멈추었다. 그리곤 알람이 울렸다.

"이재길씨."

노인의 이름을 부르자 영혼이 스르륵 일어섰다.

"이재길씨, 이재길씨."

마저 이름을 부르자 노인의 영혼이 내게로 왔다.

"1940년 5월 20일생 이재길씨가 맞으시죠?"

"예, 제가 이재길입니다."

"이재길씨는 2020년 4월 11일에 돌아가셨습니다. 사인은 숙환이십니다."

"아, 차사님이시구나. 안녕하세요."

노인이 차분하게 인사를 했다. 망자를 데리러 가면 먼저 인사를 하는 경우는 흔치 않았다.

"예. 안녕하세요."

명부를 보던 나도 얼른 고개를 숙였다.

"안 그래도 며칠 전에 먼저 간 집사람이 보이더니 차사님이 오셨네요."

노인은 부드러운 표정을 지었다. 저승사자를 보았는데 놀라거나 두려워하지도 않고 편안해 보였다. 마치 날 기다리고 있었다는 듯한 모습이었다.

"잠깐 둘러볼 수 있을까요?"

"예, 아직 시간 있으니까 천천히 둘러보세요."

노인은 찬찬히 자신이 살았던 집을 돌아보기 시작했다. 가구 하나하나를 손으로 쓰다듬었다. 노인의 입가에 미소가 피어났다. 그리곤 노인은 벽에 걸려 있는 가족사진 앞에 한동안 서 있었다. 노인은 미소를 띠고 사진을 들여다보았다. 마치 긴 여행을 앞두고 자신의 집을 잠깐 돌아보는 사람처럼 보였다. 한동안 시간이 흘렀는데도 아무도 노인의 집으로 들어오는 사람이 없었다.

"차사님. 그럼 이제 가시죠."

"혹시 올 사람이 없으세요? 아직 시간 여유 있으니 기다렸다가 보고 가도 되는데요."

"네. 제가 혼자 살아서 올 사람이 없습니다. 자식이 셋 있는데, 둘은 미국에 있고, 딸은 지방에 살아서요."

"예, 그럼 가실까요?"

노인과 함께 집을 나섰다. 노인이 마당에 정성껏 키운 화분과 정원수를 정감 어린 눈으로 보고 있었다.

"이럴 때를 대비해서 자녀들과 사시지 그러셨어요?"

"안 그래도 아내와 사별하고 애들이 같이 살자고 했는데 제가 번거로워서 싫다고 했습니다. 아내와 30년 넘게 살았던 집을 떠나고 싶지도 않았고요. 딸이 자주 올라오려는 것도 번거로워서 하지 말라고 했습니다."

노인이 마당의 소나무를 쓸쓸히 바라보았다.

"그래도 자녀분들이 아셔야 될 텐데요?"

"그건 좀 그러네요."

노인은 흔들의자의 몸을 떠올린 듯 고개를 끄덕였다.

"혹시 집에 누가 올 사람 있을까요?"

"당장은 없어요."

노인이 고개를 저었다.

"가사도우미가 어제 왔다 갔으니까 다음 주에 오려면 한 며칠 걸리겠네요."

"그래도 괜찮으시겠어요?"

"예. 애들을 못 보고 가는 게 좀 아쉽긴 합니다. 그래도 전 괜찮습니다."

"자녀분들도 좀 그렇지 않을까요?"

흔들의자에 홀로 앉아 죽음을 맞이한 아버지를 보고 얼마나 놀랄까. 작별 인사를 못 한 슬픔이 얼마나 클까. 전에는 이런 생각을 한 적이 없는데 철없는 여고생의 신장이 되어서 일까. 이제는 사람들이 느끼는 감정이 파도처럼 밀려올 때가 많다. 물론 저승사자가 이래서는 안 되겠지만.

"허허. 애들도 아쉽긴 하겠어요."

노인의 눈이 정처 없이 떠가는 구름을 보았다. 하지만 이내 고개를 저으며 웃었다.

"제가 평소에 얘기를 해두었습니다. 전에 두어 번 병에 걸렸을 때 의사가 힘들 거라고 한 적이 있었어요. 그런대로 넘어가기는 했는데 그때 의사 말 듣고 갈 때가 됐구나 하고 저도 애들도 마음의 준비를 하고 있었습니다. 그 뒤로 언제든지 갈 수 있게 항상 정리해 두고 있었지요. 애들한테 하고 싶은 말은 평소에 다 해두었습니다. 전할 말은 다 정리해서 서랍에 넣어뒀으니까 알아서 할 겁니다. 애들도 마음의 준비를 하고 있어서 크게 힘들지는 않을 겁니다. 저는 살 만큼 살았고 죽을 때 힘들지 않았으니 이만하면 잘된 거 아닙니까. 허허허."

노인이 홀가분한 표정을 지으며 마지막으로 집을 돌아보았다. 노인과 함께 대문을 나와 버스를 타러 정류장을 향해 걸었다.

"그래도 장례나 49재 때는 가실 거죠?"

"아, 그때 갈 수 있어요?"

"예. 갈 수 있습니다."

"그럼 가야죠. 어쩐지 집사람 장례 때나 49재 때 그 사람이 온 거 같았는데. 정말이었군요. 미리 알았으면 그때 더 많은 얘기를 해줄 걸 그랬습니다."

"뭐 이제 가서 보실 테니까 그동안 못 한 얘기 다 하시면 될 텐데요."

"예, 그러네요."

노인이 허허허 웃으며 고개를 끄덕였다. 노인을 데리고 나도 가볍게 걸음을 옮겼다. 살았을 적에 행복해서 회한이 없는 사람을 데리고 갈 때가 사실 기분이 좋았다. 물론 흔치 않은 경우이긴 했다.

저승으로 가는 전철역에 도착하자 마침 전철이 멜로디를 울리며 들어오고 있다. 노인을 돌아보자 담담하게 고개를 끄덕이고 있었다.

일을 끝내고 시간을 보니 곧 여자아이의 알람이 울릴 시간이었다. 어제 현장 조사를 하고 자정이 훌쩍 넘어 들어오니 그때까지 여자아이는 잠자리에 들지 않은 채였다. 그렇다면 오늘은 모닝 루틴을 할 수 있을지도 모른다. 기대에 차 서둘러 여자아이의 방으로 달려갔다.

아침 햇살이 여자아이의 얼굴에 비쳤다. 뽀얀 얼굴, 오똑한 코, 살짝 튀어나와 귀여운 입술, 기다란 속눈썹. 길게 뻗은 팔다리. 그런데… 이건 또 무슨 상황이지?

"차사님~"

백원영이 귀엽게 콧소리를 내며 방문을 열고 들어왔다. 여자아이가 문소리에 뒤를 돌아보았다.

"어, 원영이 왔어? 아줌마 아침 준비 다 됐대?"

바닥에서 스트레칭을 하던 여자아이가 백원영을 반갑게 맞았다. 나는 창 앞에 뒷짐을 지고 서 있다가 원영과 인사했다.

"왔니."

"차사님, 언니…"

"좀 전에 왔는데 저러고 있더구나. 오늘도 일찍 일어났다고 한다. 6시에. 조깅하고 샤워하고 스트레칭하고 있었다고 한다."

"아니, 어떻게?"

백원영이 어안이 벙벙한 얼굴로 물었다.

"몰라, 그냥 눈이 떠지던데?"

"언니 안 피곤해? 눈 안 아파? 머리는? 어디 아픈 거 아냐?

아프면 잠 못 자고 일찍 일어나게 되는 병이 있었는데. 그거 아냐?"

백원영이 걱정스럽다는 듯 여자아이에게 다가서서 여기저기를 살펴보았다. 여자아이가 해맑게 웃었다.

"아니, 괜찮은데? 몸도 가뿐하고. 봐봐."

여자아이가 팔과 다리를 쭉 뻗어 스트레칭을 하며 말했다. 얘가 이렇게 유연했었나?

"아, 고기 냄새. 아침 다 됐나 보다."

여자아이가 벌떡 일어나더니 코를 킁킁거리며 방을 나섰다. 계단을 씩씩하게 내려가는 뒷모습을 보며 백원영이 한숨을 푹 쉬었다. 그리곤 절레절레 머리를 흔들었다.

"차사님, 이제 예전의 혜수 언니는 영영 사라진 건가요?"

"아쉽지만 그런 것 같다. 아무리 알람이 울려도 깨지 않던, 그래서 욕조에 던져 넣어야 잠이 깨던 강혜수는 다시는 볼 수 없을 것 같구나."

"힝. 오늘은 아로마 오일까지 뿌려뒀는데…"

백원영이 입술을 삐죽 내밀었다. 욕실에서 나코라는 구미호의 목소리가 들렸다.

"원영! 욕조 물 나코가 쓴다."

"응, 언니 써요."

"장미 꽃잎도 뿌려놨다. 좋다."

첨벙거리는 물소리와 웃음소리가 함께 들려왔다.

"저 내려갈게요."

기운이 빠진 듯 백원영이 어깨가 축 처진 채 터덜터덜 계단을 내려갔다. 곧이어 고기다, 고기, 하고 부르짖으며 장혜원이 쏜살같이 식당으로 뛰어가는 게 보였다.

학교 점심시간이었다. 여자아이가 흡혈귀와 구미호랑 같이 있는 것을 확인하고는 근처 산의 신선을 찾아갔다. 신선은 언제나와 같이 나무 꼭대기에 바둑판을 놓고 앉아 있었다. 따스한 훈풍이 신선의 긴 수염을 한가롭게 뒤척였다.

"안녕하셨습니까?"

"해수 차사, 어서 오시게."

신선이 얼굴에 웃음을 띠며 반갑게 맞아주었다.

"별일 없으셨죠?"

"나야 항상 그렇지. 해수 차사께서도 별고 없으시고?"

"네. 별일 없었습니다. 시작하시지요."

내가 바둑알을 집어 들며 권했다. 신선과 마주 앉아 바둑을 두기 시작했다.

"지난번에 호환이 있었다고."

“네. 그냥 여우도 아니고 구미호였습니다.”

“구미호라. 몇백 년 동안 나타난 적이 없었는데, 구미호라니.”

신선이 쯧쯧 혀를 찼다.

“그러게나 말입니다. 그것도 일본에서 온 구미호라고 합니다.”

“일본이라.”

“네. 현지에 조사하러 갔으니 조만간 결과가 나올 것 같습니다.”

“일본에서 온 구미호라니. 많은 일들이 생기는구만.”

“그러게나 말입니다. 여기처럼 조용했으면 좋겠는데 말입니다.”

산에 딱따구리가 있는지 딱 딱 하고 부리로 나무를 쪼는 소리가 들렸다. 한가롭고 평화로운 소리였다.

“작은 산에 무슨 일이 있겠나. 두시게.”

신선의 손짓에 다시 바둑에 집중했다. 어느새 대국은 중반으로 접어들어 있었다.

4월 12일

혜수

“난 공부하러 간다.”

채원이는 식당을 나오자 교실로 휙 들어가 버렸다. 밥 먹을 때도 옆에 책을 펴놓고 보면서 먹더니, 식사가 끝나자마자 공부한다며 쏜살같이 사라졌다.

“나도.”

민주도 채원을 따라 교실로 향했다. 유리는 월평 때문에 현장 학습으로 돌렸다. 요즘 들어 점심시간에 벤치는 나와 혜원이 둘만 있는 경우가 대부분이었다. 나코가 온다고 했으니, 오늘은 셋인가. 하늘을 올려다보자 봄날의 구름이 나른하게 흘러간다. 식곤증 때문에 그런가. 눈에 보이는 모든 게 다 나른해 보인다.

“너 사고 쳤다며?”

혜원이가 벤치 옆에 털썩 주저앉았다.

"사고 친 거 아냐."

사고가 아니라고 대꾸했지만 그 여파로 어제 하루 동안 수련을 하지 못했다. 어떻게 된 일인지 물어보려고 해도 모두 모른다고 하고. 그나마 물어볼 만한 기한 아저씨는 그때 이후로 코빼기도 보이지 않는다. 그날 해수 차사와도 마주쳤겠다, 혹시라도 불똥이 자기에게 튈까 봐 도망간 모양이었다. 아침에 일찍 일어나고 수업 시간에 졸리지도 않아 시간은 많은데 할 게 없어 따분했다.

"저번에 물어본다고 한 거 어떻게 됐어?"

"물어본다던 거? 아, 할머니한테 물어본다고 한 거."

"응. 어떻게, 나도 내림굿 받을 수 있대?"

혜원이가 눈을 반짝이며 몸을 바싹 기울였다. 얘의 표정을 보니 이미 내림굿을 받는 걸로 생각하고 있는 것 같았다. 기대를 깨는 건 미안하지만 어쩔 수 없었다.

"딴 사람은 몰라도 넌 안 된대."

"잉? 왜? 왜 나는 안 돼?"

예상 밖의 말에 혜원은 벙찐 표정이었다.

"기가 너무 세서. 너는 기가 너무 세서 신장들이 밀린대. 그래서 안 된대."

"내가 무슨."

"난들 아냐. 할머니가 그러시니까 그런가 하는 거지."

"우씨."

혜원은 불만 가득한 얼굴로 볼을 부풀렸다.

"원영이한테 알려달라고 해봐."

"원영이는 영기 수련하는 거 모른대."

혜원이가 고개를 저었다. 아마 저 성격에 벌써 물어본 듯했다.

"나코는? 나코는 구미호잖아. 구미호는 영기 수련하는 거 알 거잖아."

"아, 그렇지. 그러면 되겠다. 나코, 나코 어디 있지?"

혜원은 실망한 표정에서 금세 신이 난 표정으로 바뀌었다. 그리곤 나코를 찾아 두리번거렸다.

"저기 오네."

나코는 간식거리를 한가득 안고 오면서 우리를 향해 손을 흔들었다. 순간 들고 있던 초콜릿이 빠져나와 아래로 떨어졌다. 나코는 초콜릿을 가볍게 차올리더니 입에 톡 물었다. 마치 일부러 한 듯 나코의 행동이 자연스럽게 이어졌다.

"혜수, 혜원 안녕."

나코는 벤치의 빈자리에 앉았다. 그리곤 간식이 든 커다란 비닐봉지를 옆에 내려놓고는 입에 물었던 초콜릿을 들고 먹기 시작했다.

"나코, 너 영기 수련하는 거 알아?"

혜원은 나코를 보자마자 잽싸게 궁금한 걸 물어보았다.

"응, 안다."

"그거 나 가르쳐줄 수 있어?"

"응, 가르쳐줄 수 있다."

나코는 별거 아니라는 듯 쉽게 대답했다.

"오, 예."

그 대답에 혜원이가 어깨를 들썩였다. 당장 콧노래라도 흘러나올 기세였다.

"얼마나 하면 나코 정도 돼?"

"나코 수련 9갑자. 혜원 9갑자 수련하면 된다."

"9갑자?"

순간 혜원이가 황당한 듯 눈을 커다랗게 떴다.

"응, 9갑자."

"9갑자면 난 그때까지 살지도 못하는데?"

"첫 1갑자 동안 열심히 수련해야 한다. 수련해서 꼬리 아홉 개 얻으면 된다."

"꼬리? 난 사람인데?"

"열심히 해야 한다. 그럼 혜원 꼬리 얻을 수 있다."

나코는 씩 웃으며 혜원을 향해 파이팅을 해 보였다. 혜원은 나코의 파이팅에 어정쩡한 표정을 지었다. 이걸 좋아해야 하나 말아야 하나 하는 듯한 얼굴이었다. 하지만 이내 자기의 뒤를 돌아보며 싱긋 웃었다. 등 뒤를 힐끔거리는 게 꼬리가 나는 걸 기대하는 눈치였다. 그렇지. 얘는 혜원이었어. 그 모습을 보며 나도 모르게 머리를 절레절레 흔들었다.

"그거 마나 붐(Mana Boom)이야."

"마나 붐이요?"

노기한이 허공에 그림을 띄워 보이며 설명을 했다.

"너 마나가 소용돌이쳤다고 했지? 마나가 통제를 잃으면 소용돌이치게 되는데 이걸 마나 스파이럴(Spiral)이라고 해."

노기한이 그린 그림에서 빛나는 점들이 나선을 그리며 회전했다.

"일단 스파이럴이 생기면 마나는 중심에 모여. 중심에 모인 마나는 압축이 되고, 점점 더 많은 마나가 모이면서 더 강하게 압축이 되지. 그리고…"

허공에 띄운 그림에서 빛나는 점들이 마나의 중심으로 모여들면서 점점 더 밝은 빛을 내었다. 그러다 한순간 강한 빛을 내며 폭발했다.

"펑. 이게 마나 붐이야. 바로 네가 이틀 전에 한 거."

"아."

"뭐, 눈으로는 안 보이지만 영으로는 폭탄이 터진 것 같았을 거야. 그날 말도 아니었다. 무슨 영기 테러 현장 같았다니까. 아마 차사님도 엄청 놀라셨을걸?"

그러고 보니 그날 차사님은 엄청나게 당황한 표정이었다. 노기한의 설명을 들으니 그제야 무슨 일이 있었는지가 이해되었다.

"그나저나 마나 드레인(Drain)이라. 너 재미있는 능력이 있더라."

노기한이 흰색 슈트를 툭툭 털며 말했다.

"마나 드레인요?"

"응. 마나 드레인. 주위의 마나를 흡수하는 능력. 보통은 마나 컨트롤로 스트림이 확장되고, 스트림이 확장되면 그만큼의 마나를 흡수하는데, 넌 스트림의 용량보다 훨씬 더 많은 마나를 한순간에 흡수했어. 마나 드레인이 아니면 그렇게 할 수 없거든. 너 보기보다 재능 있는데."

"그런가요? 헤헤."

"마나 컨트롤을 가르친 지 며칠 안되어 마나 드레인의 능력이 발현되게 하다니. 네 머리에 이론으로 된 건 아닐 거고,

역시 인포스트 마나 익스트랙션의 효과인가. 처음 해본 기술로 한 번 만에 마나 드레인을 발현시키다니. 아, 이 얼마나 천재적인 능력인가. 이 외모에, 성격에, 능력까지 뛰어나다니. 나의 능력의 한계는 도대체 어디까지란 말인가."

노기한은 한 손을 공중에 뻗은 채 금발 머리를 휘날리며 자아도취에 빠져들었다. 저런 모습도 자주 보다 보니 익숙해져서 그러려니 한다. 그나저나 마나 드레인이라. 아저씨의 말로는 주위의 마나를 흡수하는 능력이라고 했다. 허공에 손을 저어보았다. 주위의 영기가 같이 따라 움직이는 게 느껴졌다.

"워, 워. 잠깐, 손 가만히 내려놔. 천천히. 천천히."

노기한의 유도에 천천히 손을 내렸다.

"너 아직 네 능력 컨트롤 안 되잖아. 그러다 갑자기 마나 드레인해서 내 영기까지 빨아들이면 나 큰일 나거든."

"아, 네. 네."

하긴 지난번도 그냥 하다 그렇게 되었다. 노기한의 말에 순간 긴장하며 조심조심 손을 아래로 내렸다.

"일단 상황을 보게, 마나 컨트롤을 천천히 해봐."

노기한이 가르쳐준 대로 마나 컨트롤을 할 준비를 했다.

"잠깐만."

노기한이 다가와 마나 컨트롤을 시작하는 혈도를 손가락

으로 짚었다. 노기한이 짚은 부분이 밝게 빛났다.

"상황을 보게, 시작해."

그 명령에 눈을 감고 숨을 깊이 들이마셨다. 그리곤 영기를 천천히 혈도를 따라 이동시켰다. 먼저 영기를 혈도를 따라 다크 스트림으로, 그리고 다시 홀리 스트림, 그리고 다시 다크 스트림. 눈앞에 흐릿하게 사람의 형체가 나타났다.

"차사님?"

사람의 형체에 정신을 집중했다. 그러자 형체가 조금 또렷해졌다. 하지만 아직도 흐릿해 누구인지 알아볼 수 없었다. 조금만 더 선명하면 누구인지 알 것 같았다. 영기는 천천히 다크 스트림으로 흘러갔다. 흐릿한 형상에 다시 정신을 집중했다. 그러자 흐릿한 영상이 조금 더 선명해졌다. 해수 차사였다. 지난번과 달리 혼자 서 있었다. 다크 스트림을 통과한 영기가 주위의 영기를 빨아들이기 시작했다. 빨려든 영기가 차갑고 섬뜩한 기운을 띠며 주위의 영기를 거세게 빨아들였다. 엄청난 영기들이 빨려들며 거칠게 소용돌이치기 시작했다. 그때 갑자기 이마에 커다란 통증이 느껴졌다.

"악!"

정신이 흐트러지고 소용돌이치던 영기들이 흩어졌다. 이마가 화끈거렸다.

"너 딴생각했지?"

눈을 떠보니 노기한이 앞에 앉아 있었다.

"무슨 말씀이세요?"

"너, 딴생각했잖아. 다크 스트림을 나온 마나를 홀리 스트림으로 안 보내고 뭐 하고 있었어?"

"아, 그게. 마나 컨트롤을 하다 뭐가 보여서 그게 뭔지 신경 쓰다가… 악!"

딴 데 신경 썼다는 말을 하자마자 바로 노기한의 딱밤이 날아왔다. 반사적으로 손을 들어 막았는데 노기한은 영이다 보니 소용이 없었다. 이마가 엄청 화끈거렸다. 만져보면 아무 이상이 없는데 몹시 따끔거렸다. 아픈 건 이마가 아니라 영인 것 같았다.

"어쩐지 내가 하는 말에 실수가 있을 수 없지. 그럼. 이렇게 완벽한데 어떻게 실수나 문제가 있을 수 있겠어?"

노기한이 가슴을 내밀며 잘난 척을 했다. 그러더니 내게 얼굴을 바짝 들이밀었다.

"너, 수련 중에 딴생각하면 어떻게 된다고 했어?"

"그게, 문제가 생긴다고…"

"특히 언제?"

"특히? 아, 다크 스트림 통과한 마나를 홀리 스트림으로 보낼 때는 특히 주의해야 한다고."

노기한이 얼굴을 더 바싹 들이댔다.

"이유는?"

"다크 스트림을 통과한 마나는 불안정해서 특히 위험하니까 주의해야 된다고, 딴짓하면 사고 날 수 있다고…"

슬며시 눈을 피하며 말을 얼버무렸다.

"그런데 말이야, 마나 컨트롤 중간에 딴생각하느라 마나가 다크 스트림 통과하는 것도 모르고, 다크 스트림 통과한 마나가 정체되어 문제가 생기는 것도 모르고."

노기한이 손으로 내 이마를 쿡쿡 찌르며 말했다. 진짜 손가락으로 찌르는 듯 이마가 따끔거렸다.

"무슨 생각을 한 거야?"

"그게…"

"그게 뭔데?"

노기한이 눈을 쏘아보며 다시 물었다. 말을 할까 말까 망설이다가 입을 열었다.

"마나 컨트롤을 하면 흐릿한 사람 모습이 보여요."

"사람 모습?"

"네. 처음에는 흐릿하게 보이는데 집중하면 조금씩 선명해지거든요."

"그게 누군데?"

"해수 차사님요."

"흠. 그러니까 마나 컨트롤을 하면 차사님이 보인다는 거네. 처음에는 흐릿하지만 집중할수록 선명해지고."

노기한은 잠시 턱을 손으로 쓸며 생각에 잠겼다.

"너 혹시."

"혹시 뭐요?"

"차사님 좋아하냐?"

"네?"

갑자기 뜬금없이 차사님을 좋아하냐고. 대체 그거랑 이거랑 무슨 상관이라고.

"마나 컨트롤은 무아 상태에서 네 영기를 순환시키는 건데, 그 상태에서 차사님이 생각났다는 건 네가 마음속으로 차사님을 좋아한다 뭐 그런 거 아냐?"

"아니 무슨 말을, 그리고 생각난 게 아니라 보였다니까요!"

"뭐, 아니면 말고."

바로 말을 바꾸는 게 그냥 막 던져본 티가 났다. 노기한의 말에 혼자 흥분했는지 아직도 가슴이 두근거렸다.

"다시 해봐. 이번에는 딴생각하지 말고."

"네."

다시 눈을 감고 깊이 숨을 들이마셨다. 혈도를 따라 영기를 순환시켰다. 그리곤 차례차례 영기를 순환시켰다. 몇 번 영기가 순환하자 흐릿한 형상이 떠올랐다. 누구? 차사님? 자세히 보려는데 이마에 화끈한 통증이 느껴졌다.

"악!"

"너 또 딴생각했지?"

눈을 뜨자 노기한이 딱밤 자세를 취하고 나를 노려보고 있었다. 아까 맞은 데를 다시 맞았는지 좀 전보다 더 아팠다. 어떻게 영인데도 같은 자리를 맞았다고 더 아프지?

"다시."

재차 눈을 감고 영기를 순환시켰다. 몇 차례 영기가 순환하자 다시 흐릿한 형상이 떠올랐다. 누구? 아니 아니. 딱밤을 맞기 전에 재빨리 생각을 털어버리고 영기 순환에 집중을 했다. 다크 스트림을 지난 영기를 홀리 스트림으로 흐르게 했다. 영기의 순환에 집중하는데도 흐릿한 형상은 사라지지 않았다. 오히려 영기의 순환이 거듭될수록 형상이 선명해졌다. 어느새 눈앞에서 보는 듯 선명하게 보였다. 누군가 대화하듯 움직이는 입술. 무슨 얘기를 하는 거지? 집중을 하자 차사님 목소리가 멀리서 작게 들리는 듯했다. 무슨 얘기? 소리를 들으려고 집중하는데 이마로 화끈한 통증이 쏟아졌다.

"악!"

"또, 딴생각."

같은 자리를 연달아 맞아 그런지 노기한의 딱밤이 점점 더 세지는 것 같았다. 너무너무 아파서 눈물이 찔끔했다.

"딴생각 자꾸 할래?"

"그렇다고 자꾸 때리면 어떡해요?"

"나도 물론 말로 했지, 아름답게. 그런데 네가 말로 해서는 안 되니 어떡해. 아름답지 못한 물리적인 방법을 쓸 수밖에 없잖아."

"그래도."

"투덜대지 말고 다시 해봐."

노기한의 재촉에 다시 눈을 감고 심호흡을 했다. 영기를 순환시키자 형상이 떠올랐다. 흐릿한 모습이 점점 더 또렷해졌다. 얼른 생각을 털어내고 다시 정신을 계속해서 영기 순환에 집중했다. 하지만 영상이 눈앞에서 보는 것처럼 또렷해졌다. 아까와는 다르게 여러 사람과 같이 앉아 얘기하고 있는 모습이었다. 해수 차사의 목소리가 들렸다. 흔들리는 정신을 다시 영기 순환에 집중하자 점점 더 선명하게 소리가 들렸다. "…말씀하신 대로 10분 간격으로 보고드리도록 하겠습니다… 네… 네… 현재로선 여자아이를 노리는 것 같지는 않습니다. 주위의 별다른 동향도 없습니다… 네… 네.” 다른 사람들의 목소리는 들리지 않고 해수 차사의 목소리만 들렸다. 흐트러지는 정신을 다시 영기 순환에 집중했다. 마나 컨트롤도 마지막 단계에 이르렀다. 마지막으로 다크 스트림을 빠져나온 영기를 홀리 스트림으로 밀어 넣었다. “야마나카 나코라는 구미호는 계속해서 주시하도록 하겠습니다. 추가로 정보가 들어오는 대로 말씀해 주시기…”

“야, 강혜수, 강혜수.”

차사님의 목소리가 바로 앞에서 들리는 듯 선명하게 들렸다. 차사님의 눈도 나를 똑바로 바라보고 있다.

“강혜수, 야, 강혜수.”

해수 차사가 손가락으로 이마를 쿡쿡 찔렀다. 차사님이 손가락으로 찌르는 게 그대로 느껴졌다. 뭐지? 눈을 뜨자 해수 차사가 정말 눈앞에서 손가락으로 내 이마를 찌르고 있었다. 뒤에서 노기한의 목소리가 울렸다.

“또 뭐냐?”

“또 뭐냐라뇨?”

무슨 일인지 몰라 뒤를 돌아보며 노기한에게 되물었다. 내 앞에 서 있는 해수 차사도 노기한을 돌아보았다. 그러자 노기한은 자신도 모르겠다는 듯 우리에게 두 손을 펼쳐 보였다.

"그냥 마나 컨트롤 했습니다. 이번에는 별일 없이 끝나나 했는데, 이렇게 차사님이…"

노기한이 미안한 얼굴로 금발 머리를 긁적였다.

"혹시 저 때문에 끌려오신 거예요?"

"그런 거 같은데."

노기한이 맞다는 듯 고개를 끄덕했다. 그리곤 금세 해수 차사한테 아부를 떨었다.

"고생이 많으십니다."

노기한이 해수 차사를 위로했다. 해수 차사는 굳은 얼굴이었다.

"뭐 때문에 이러는지 좀 알아봐."

"넵!"

노기한이 고개를 번쩍 들며 대답했다. 무슨 영문 때문에 자신이 자꾸 끌려오는지 원인 파악을 부탁하는 것이다.

"나한테 볼일 없지?"

해수 차사가 내게 말했다.

"네. 지금은."

"그래. 나 간다."

해수 차사가 휙 사라졌다. 노기한을 힐끔 쳐다보자 자기도 모르겠다는 듯 양손을 펼치며 어깨를 추어올렸다.

“오늘은 여기까지. 내일 봐.”

노기한도 홀쩍 가버렸다. 뭐야, 무슨 일인지 아무도 모르고, 뭐 이런 일이 있지? 차사님도 모르고 노기한도 모르고. 어쨌든 무슨 이유 때문인지 모르지만 마나 컨트롤을 하면 해수 차사가 계속 끌려왔다. 그렇다고 연습을 안 할 수도 없고. 아, 답답해. 창문을 드르륵 열고 창턱에 팔꿈치를 올려놓았다. 턱을 괴고 물끄러미 정원의 나무들을 내려다보았다. 가로등 빛에 쑥쑥 돋고 있는 잔디들이 파르스름하게 빛나고 있다. 밤바람이 아직 차가웠다. 추워서 창문을 닫고 퍽 하고 침대에 엎드렸다. 손으로 더듬더듬 핸드폰을 찾아 쥐고는 시간을 보았다. 아직 자기에 이른 시간이었다. 뭐 하지? 공부나 할까?

4월 13일

해수

주문받은 부적 작업을 하느라 아침부터 집 안이 분주했다. 프린터는 인쇄한 부적들을 계속 뱉어냈고 혜원이라는 아이가 부적을 잘랐다. 잘린 부적의 뒷면에 여자아이와 원영이 룬을 그려 넣었다. 부적은 용도에 따라 프린트하는 문양과 룬이 달랐다. 개똥이를 비롯한 신장들은 양지바른 곳에서 영기를 채우고 있었다.

"바쁘네."

내가 여자아이에게 다가갔다.

"아, 오셨어요."

"오셨어요."

바쁜 와중에도 여자아이와 원영이 인사를 했다. 여자아이와 원영의 반응에 혜원이라는 아이가 이쪽을 힐끔 쳐다보았다. 그리곤 뭔가 찾으려는 듯한 시선으로 내 쪽을 바라보았다. 아이를 향해서 턱짓을 했다.
“재는 항상 저러더라.”
내 말에 여자아이가 혜원을 돌아보았다.
“차사님 반가워서 그러는 거죠. 어떻게든 보려고.”
노력이 가상해서 혜원을 향해 손을 흔들어주었다.
“야, 차사님이 너한테 손 흔들어줬어.”
“정말!”
아이가 좋아서 폴짝했다. 그리곤 신나게 부적을 자르는 작업을 했다. 뒷짐을 지고 서서 일하고 있는 여자아이를 내려다보았다.
“수련은 이따 할 거야?”
“아마도요. 저녁에나 할 거 같아요.”
여자아이가 수련을 하면 소환이 되었다. 일하다 종종 끌려오는 때가 있어 귀찮았다.
“원인은 알았고?”
“아뇨. 기한 아저씨도 더 찾아봐야 된다고. 차사님도 물어보신다면서요. 뭐래요?”
“별거 없어. 일반 신장들은 영기 순환 정도로는 소환되는 일이 없대. 조사해 본다고 했으니까 조만간 뭐라도 나오겠지. 그때까지는 수련 시간 미리 정해서 얘기해. 괜히 중요한 일 하다 끌려오게 하지 말고."

지난번에는 회의 중에 끌려와서 다시 올라가서 회의를 계속해야 했다. 동방 팀장이 보는 앞에서 끌려온 터라 원인에 대한 조사를 부탁하기는 쉬웠다. 여자아이가 배시시 웃으며 쳐다보았다.

"네. 오늘 일정은 어떠세요?"

"오늘은 별다른 거 없어. 너 저녁때까지는 바쁘다고 했지?"

"네."

여자아이가 프린트된 부적을 돌아보며 대답했다. 제법 많은 양의 부적이 쌓여 있었다. 여자아이가 개똥이와 장군 신장 등이 있는 옥상을 손가락으로 가리켰다.

"딴 거는 금방 되는데 신장들이 영기를 불어넣는 데 한계가 있어서요. 해 질 때까지 해야 할 거 같아요."

"그래?"

"네. 부적 양이 많아서 프린트할 동안에 계속 영기를 충전해 줘야 해요."

"알겠어. 그럼 나는 그때까지 개인 일이나 봐야겠다."

"네. 다녀오세요."

"다녀오세요."

여자아이와 원영의 인사를 받으며 방을 나섰다. 원영의 집을 나와서 내가 갈 곳은 한군데뿐이었다. 신선이 사는 산을 향해 날아갔다. 신선은 오늘도 나무 꼭대기에 고즈넉이 앉아서 바둑을 두고 있었다. 바람이 간간이 나무를 흔들고 지나가도 신중한 자세로 집중한 모습이었다. 흐트러지지 않는 그 모습에 감탄을 했다.

"안녕하십니까?"

"해수 차사 오셨는가. 오늘은 일찍 오셨네."

신선이 고개를 들며 나를 반겼다.

"네. 아이가 일이 바빠서 이렇게 왔습니다."

신선의 맞은편에 자리를 잡았다. 신선이 잔잔하게 웃으며 혼자 두던 바둑돌을 정리했다. 언제부턴가 시간이 나면 신선과 바둑을 두는 것이 일상이 되었다. 둘이서 바둑을 두기 시작했다. 한참 동안 집중해서 바둑을 두었다.

"그러고 보니 지난번에 구미호 때문에 호환이 있었다고 하셨지."

"네. 저한테만 두 번 달려들었었죠."

"흠."

신선이 그러냐는 듯 고개를 끄떡였다. 그리곤 흰 돌을 들어 바둑판에 놓았다.

"자네를 공격한 구미호인지 모르겠지만, 요 며칠 구미호한 마리가 이 산을 왔다 갔다 하고 있다네."

"구미호가요?"

고개를 들어 신선을 바라보았다.

"무슨 일을 일으키거나 한 건 아니고, 뒤쪽 공터에 잠깐 왔다 가더군. 구미호가 간 다음 확인해 봤는데 달라진 건 없었네."

신선은 별일 아니라는 듯 계속 바둑을 두었다.

"어제도 왔다 갔습니까?"

"어제도 왔었네. 늘 자정이 가까운 시간에 왔다 간다네."

"제가 오늘 봐도 될까요?"

"그러시게. 자정 즈음에 왔으니까. 어떻게 그때까지 계실 건가? 아니면?"

신선은 바둑판 위에 흰 돌을 올려놓으며 말했다.

"저녁 즈음에 잠깐 갔다가 자정 전에 오겠습니다."

"그러시게나. 그나저나 이번 판은 내가 이긴 것 같네. 허허허."

신선이 흰 수염을 쓸어내리며 호탕하게 웃었다. 구미호 얘기에 잠깐 정신이 팔렸더니 대마가 죽어버렸다. 이내 패배를 인정하고 새로 바둑을 두기 시작했다.

자정이 가까운 시간에 다시 신선을 찾아갔다. 신선은 달빛이 은은하게 쏟아지는 나무 꼭대기에 가부좌를 틀고 앉아 있었다.

"오셨는가."

여느 때처럼 반갑게 맞아주었다.

"밤에 오시는 건 처음인 것 같네."

"그러네요."

그러고 보니 밤에는 여자아이를 지켜보느라 온 적이 거의 없었다. 오늘은 집에 원영이뿐만 아니라 나코라는 구미호와 신장들도 있었다. 신장들은 낮 동안 부적에 영기를 주입하느라 녹초가 되었지만, 그래도 영적인 존재를 감시하기에는 충분했다. 게다가 거리가 멀지 않아 여차하면 내가 날아가서 상대하면 되었다.

"이쪽으로."

신선이 흰색 도포 자락을 흔들며 산 뒤편으로 안내했다. 산 정상에서 조금 내려간 곳에 작은 공터가 있었다.

"아직 오지 않은 모양이네. 기다려보세."

조용히 고개를 끄덕였다. 자정이 다 되어가는지 보름달이 높이 솟아 있었다. 달빛이 환하게 공터를 비추었다. 얼마나 시간이 지났을까. 불현듯 공터에 그림자가 나타났다. 다가오는 기척을 전혀 느낄 수 없어 순간 긴장했다. 지금도 눈에는 보이지만 기척은 조금도 느껴지지 않았다. 젊은 여자의 모습이었다. 여자는 공터 중앙으로 다가가더니 뭔가 작업을 하는 것 같았다. 멀어서 얼굴이 보이지 않았지만, 일단 잡아두고 확인을 해보는 것이 나았다. 휴대폰을 꺼내 추격 팀장에게 연락을 취하려고 했다. 그런데 전화가 되지 않았다. 신선이 이상한 낌새를 느꼈는지 돌아보았다.

"무슨 일인가? 전화에 무슨 문제가 있나?"

"네. 전화가 되지 않습니다. 이런 일이 없었는데."

신선이 옆으로 다가와 전화기를 들여다보았다. 내 전화는 스마트폰의 형태를 띠고 있지만 영으로 만들어진 전화였다. 때문에 전화가 되지 않는다거나 하는 일은 일어날 수가 없었다. 다시 전화를 해봤지만 역시 소리도 신호도 없이 먹통이었다.

"어떻게 이런 일이."

"흠. 확실히 전화가 안 되는가 보군."

신선이 걱정스럽게 말했다.

"이렇다 놓치면 안 되는데."

초조한 마음으로 구미호를 돌아보았다. 그런데 공터 한가운데에 일어선 구미호가 나를 똑바로 바라보고 있었다. 흠칫

하는 찰나 공터 주위의 그늘에서 한 명씩 젊은 여자들이 걸어 나왔다. 하나, 둘, 셋… 여덟.

"소개가 늦었군. 난 야마나카 일족을 이끄는 수장 신레이라고 하네. 해수 차사. 여기서 사라져 주셔야겠네."

그 소리에 흠칫 곁을 돌아보았다. 신선은 어느새 내게서 거리를 벌려 떨어져 있었다. 그리곤 이내 신선의 모습과 목소리가 바뀌더니 나코의 폰에서 본 중년 남자의 모습으로 변했다. 야마나카 신레이. 신레이의 말이 끝나자마자 공터에 있던 여덟 마리의 구미호가 일제히 날 향해 달려들었다. 재빨리 공격을 피해 몸을 위로 솟구쳐 올랐다. 하지만 지난번과 같이 결계에 막혀 더 이상 올라갈 수 없었다. 옴짝달싹할 수 없는 일촉즉발의 상황이었다. 그런 날 향해 구미호는 날카로운 손톱으로 공격을 해왔다. 여덟 마리의 구미호가 번갈아 공격을 해와 정신을 차릴 수가 없었다. 위로 피하는 것이 가장 좋지만 결계에 막혀 불가능했다. 어떻게든 시간을 끌어야 했다.

정기 연락이 없으면 추격팀에서 올 것이다. 그때까지는 어떻게든 버터야 했다. 하지만 10갑자를 넘어 성체가 된 구미호 여덟 마리의 공격을 언제까지 피할 수 있을까? 게다가 가장 강해 보이는 신레이는 공격에 참여하지 않고 있었다. 그런데도 반격은커녕 피하기에도 급급한 상황이었다. 그나마 유리한 것은 육신이 없다는 것. 덕분에 공격을 피하고는 있지만 구미호들의 연계가 좋아 벌써 몇 번의 공격이 스쳐간 상황이었다. 뒤에서 오는 공격을 피해 급히 땅으로 내려앉았다. 급하게 내려오느라 발목까지 땅속으로 박혔다. 다시 몸을 솟구치려는데 머리를 스치는 생각이 있었다. 방향을 바꿔 땅속으로 뛰어들었다. 결계는 원의 형태를 이루고 있다. 때문에 제법 깊이 땅속으로 들어갈 수 있었다. 구미호들은 내 행동이 분한지 그르렁거렸다.

"地面を掘れ(땅을 파라)."

신레이의 명령에 이어 구미호들이 앞다투어 땅을 파는 소리가 들렸다. 성체 구미호들이라 빠른 속도로 땅을 파 들어왔다. 땅을 파는 소리가 점점 가까워졌다. 이제 조금만 있으면 구미호들의 모습이 나타날 것이었다. 그때였다. 어디선가 어렴풋이 여자아이의 목소리가 들렸다.

"차사님?"

"강혜수?"

"네. 들리세요?"

여자아이의 반가워하는 목소리였다.

"강혜수. 지금 빨리 나를 소환해라."

다급하게 외쳤다. 꾸물거릴 시간이 없다.

"네?"

"급하니까 지금 빨리 날 소환하라고."

"네."

여자아이가 말을 알아들었는지 주위의 영기들이 소용돌이치기 시작했다. 영기의 변화를 느끼고 구미호들이 땅을 파는 소리가 멈췄다. 하지만 이내 전보다 더 빠르게 땅을 파헤치는 소리가 들렸다. 내가 뭔가 하려는 걸 눈치챈 것 같았다. 땅을 파는 소리가 코앞까지 다가온 순간 주위의 영기가 거센 기세로 소용돌이치더니 엄청난 힘이 나를 위로 끌어당겼다. 순식간에 구미호들을 지나쳐 허공으로 솟아올랐다. 그러나 결계에 막혀 더 이상 올라가지 않았다. 소용돌이치던 영기들이 내게로 밀려들었다. 엄청난 영기의 압력이 나를 밀어붙였다. 그리고 그런 날 향해 구미호들이 뛰어올랐다.

4월 14일

혜수

영기에 휩쓸려 정신이 아득해졌다. 무슨 일인지 모르겠지만 차사님이 급한 상황인 것 같아 정신없이 영기를 순환시켰다. 주위의 영기가 내게 소용돌이치며 밀려들었다. 밀려든 영기가 뜨거워지며 터져 나올 것 같았다. 그러나 이내 무엇인가에 막힌 듯 터지지 않고 꿈틀거렸다. 어떻게든 해야 했다. 온 정신을 영기에 집중했다. 순간 내 몸이 허공으로 떠올랐다. 그리고 가슴에서부터 시원한 기운이 팔다리로 퍼져나갔다.

"왔냐."

강신이 되었는지 해수 차사의 목소리가 들렸다. 눈을 떠보니 처음 보는 산속이었다. 환한 달빛 아래 흙바닥이 파헤쳐져 울퉁불퉁하고, 여덟 명의 여자들이 주위에 쓰러져 있었다. 그리고 중년 남자가 날 바라보고 있었다. 바로 나코의 폰에서 봤던 그 남자였다. 나코가 아버지라고 했던 남자.

"어떻게 된 거예요?"

"아마도 결계 때문에 네가 날 소환하지 못하니까 네가 이리로 소환된 것 같다."

"내가 공간이동을 했다고요? 헐."

"집중해. 저들은 날 공격한 구미호들이다. 지금도 공격받던 중이었다."

"그럼 어떡해요?"

"조금 있으면 추격팀이 올 거다. 그때까지만 버티면 된다."

"네…"

중년 남자는 날카로운 눈으로 나를 쏘아보고 있다. 그 눈빛이 어찌나 매섭고 강한지 다리가 후들후들 떨렸다. 두려움을 없애려고 주먹을 틀어쥐었다. 흙바닥에 쓰러져 있던 여자들이 하나둘 정신을 차리고 일어났다. 일어선 여자들은 중년 남자의 곁으로 가 공격 자세를 취했다. 해수 차사가 구미호를 상대하기 위해 양손에 지옥불을 일으켰다. 남자는 내 손에 일어난 불길에 놀란 표정을 지었다. 하지만 금세 그 표정이 사그라지고 비장한 표정으로 바뀌었다.

"九合一身(구합일신)."

"お父さん, それは危険です(아버지, 그건 위험해요)."

여자들 중 하나가 소리쳤다. 그러자 중년 남자가 여자를 돌아보았다.

“私の言うとおりにしろ(내가 시키는 대로 해라). 九合一身(구합일신).”

그리곤 싸늘한 표정으로 나를 쳐다보았다.

“뭐라는 거예요?”

일본어라 무슨 말인지 몰라 물었다. 해수 차사가 일렀다.

“뭔가 위험한 방법을 쓰려는 것 같다. 조심해라.”

그새 여자들은 모두 남자의 뒤편으로 물러나 가부좌를 틀고 앉기 시작했다. 여자들의 뒤로 환한 불빛이 일었다. 나코에게서 봤던 것과 같은 불빛이었다. 불빛 속에서 빛나는 꼬리들이 흔들거렸다. 여자들이 오른손을 앞으로 내밀었다. 그러자 여자들의 손에서 불빛이 나와 중년 남자를 비추었다. 남자의 등 뒤에서도 환한 불빛이 일렁였다. 여자들의 것보다 훨씬 크고 밝은 불빛이었다. 그 속에서 아홉 개의 빛나는 꼬리가 뚜렷하게 보였다. 그런데 꼬리의 숫자가 점점 줄어들기 시작했다. 꼬리가 하나씩 줄면서 불빛은 더 크고 환해졌다. 이윽고 아홉 개의 꼬리는 하나의 커다란 꼬리로 변했다.

“死を覚悟しろ(죽음을 각오하라).”

양손에 빛나는 발톱을 세우고 남자가 달려들었다. 남자를 향해 지옥불이 일어난 주먹을 날렸다. 순식간에 남자의 모습이 눈앞에서 사라졌다. 그리곤 갑자기 내 머리가 뒤로 젖혀졌다. 부릅뜬 눈에 해수 차사의 뒷머리가 보였다. 무슨 일이지? 하는데 눈앞에 남자의 손이 불쑥 나타났다. 한 손으로는 나를, 다른 손으로는 해수 차사를 잡고 밀어내었다. 남자는 나와 해수 차사를 강제로 떼어내고 있었다. 순식간에 해수 차사의 상반신이 내게서 분리되었다. 해수 차사도 무언가 이상을 느꼈는지 뒤를 돌아봤다. 강신이 풀리는 것을 보고 남자를 공격했다. 그러나 강신이 풀려서인지 손에서 지옥불이 일어나지 않았다. 남자는 양손으로 나와 해수 차사의 배를 밀어젖혔다. 남자의 힘에 나와 해수 차사는 다른 방향으로 나가떨어졌다. 무시무시하고 엄청난 힘이었다. 아홉 마리 구미호의 힘이 모아졌는지 나와 해수 차사가 다시 합치려고 했지만 남자가 밀어내는 힘을 당해낼 수가 없었다.

중년 남자는 강신이 완전히 풀린 나를 가부좌를 한 여자들 쪽으로 던졌다. 아악. 맨땅에 부딪치는 충격이 온몸에 느껴졌다. 하지만 해수 차사는 재빨리 물러나 남자와의 거리를 벌렸다. 반격을 날려보지만 먹히지가 않았다. 나와 강신이 풀린 상태에서는 지옥불을 쓸 수가 없었다. 그러다 보니 해수 차사의 공격은 평범한 영의 힘밖에 없었다. 그나마 해수 차사는 육신이 없는 영이라 남자의 공격을 겨우겨우 피하는 중이었다. 그러나 결계 때문에 마음대로 움직이지 못하는 데다, 남자의 움직임이 갈수록 빨라져 공격을 피하지 못하는 횟수가 점점 늘었다. 어떡하지. 어떡하지. 바닥에 풀썩 쓰러진 채 머리칼을 움켜쥐었다. 강제로 강신이 풀려서인지 기운이 하나도 없었다. 몸에서 기운이란 기운이 모두 빠져나간 것 같았다. 애를 태우며 지켜보는데 남자가 공격을 피하는 해수 차사를 재빨리 잡아채었다. 그리곤 해수 차사를 결계로 밀어붙였다. 남자의 손에서 붉은 불길이 일었다. 해수 차사와 같이 일으켰던 지옥불과 비슷한 느낌의 불길이었다. 위험했다. 어떻게든 막아야 했다. 남자를 막으려고 일어서는데 순간 다리가 풀려 휘청하며 옆에 있는 여자에게로 쓰러져 버렸다. 어어 하는 찰나 넘어지며 손이 여자의 다리를 짚었다. 그 순간 내 손으로 희미한 기운이 흘러들어 왔다. 여자는 정신을 집중하느라 내게 신경을 쓰지 않았다. 여자를 잡은 상태에서 정신을 집중했다. 그러자 순식간에 영기가 강하게 소용돌이치며 내게로 밀려들었다. 내게 빨려드는 영기에 놀란 듯 여자가 눈을 번쩍 떴다. 그리곤 내 손을 떼어내려고 했다. 하지만 소용돌이치며 빨려드는 영기에 손을 떼어내지 못했다. 여자의 뒤에서 빛을 내던 꼬리들이 하나씩 빛을 잃고 스러졌다. 다급한 표정의 여자는 나를 떼어내려고 했지만 강한 영기 때문에 떨어지지 않았다. 여자의 꼬리들이 순식간에 빛을 잃었다. 아홉 개의 꼬리 중 여덟 개가 빛을 잃었다. 내게 소용돌이치며 밀려든 영기의 중심부에서 뜨거운 기운이 치밀어 올랐다. 그대로 영기를 폭발시켰다. 폭발의 영향으로 내가 잡고 있던 여자가 멀리 튕겨 나갔다. 영기가 폭발하자 남자가 나를 돌아보았다. 충격을 받았는지 쿨럭하고 기침을 했다. 남자의 입가에 피가 흘러내리고, 손에 일었던 불길이 작아졌다. 쓰러진 여자를 보더니 남자가 커다랗게 눈을 부릅떴다. 그사이 내가 재빨리 다른 여자에게 다가갔다. 영기의 폭발에 충격을 받았는지 당황한 모습이었다. 여자 등 뒤의 불빛이 좀 전보다 줄어들었다. 꼬리도 일곱 개밖에 보이지 않았다. 가부좌를 튼 여자들끼리 연결이 되어 있는지 다른 여자들의 기운도 빨려든 모양이었다. 재빨리 여자의 팔을 잡고 정신을 집중했다. 영기가 소용돌이치며 내게 빨려들었다. 여자가 당황해서 팔을 떼어내려고 했지만 영기의 흐름 때문에 떨어지지 않았다. 순식간에 꼬리가 빛을 잃어가자 여자가 경악한 표정이 되었다. 여덟 개째 꼬리가 빛을 잃기 시작하자 소용돌이 중심에서 뜨거운 기운이 치밀어 올랐다. 나는 그대로 영기를 폭발시켰다. 폭발의 충격에 여자가 정신을 잃고 날아갔다.

"意識を止めろ(의식을 중단해라)."

남자의 지시에 여자들이 남자에게 향하는 영기를 거둬들이기 시작했다. 남자의 손에 일었던 불기가 사라졌다. 폭발의 충격인지 남자가 비틀거렸다. 그사이 남자에게서 해수 차사가 재빨리 빠져나왔다. 나는 그새 부리나케 또 다른 여자를 낚아챘다. 여자는 영기를 거둬들이느라 내가 오는 것을 보면서도 피하지 못했다. 왼손을 뻗어 나를 막으려고 했다. 나는 재빨리 여자가 뻗은 손을 잡고 정신을 집중했다. 여자의 뒤로 네 개의 꼬리가 보였다. 당황한 여자가 손을 빼려고 했지만 영기의 흐름에 손이 떨어지지 않았다. 세 명째 영기를 폭발시키고 다른 여자를 잡으려고 보니, 여자들은 어느새 영기를 거둬들이고 모두 일어서 있었다. 여자들이 나를 공격하려고 자세를 취했다. 여자들 등 뒤의 불빛이 모두 사라져 있었다. 여자들의 손에서 길다란 발톱이 펼쳐졌다. 날카로운 발톱이 달빛에 파리하게 빛났다.

"その子を傷つけてはいけない(그 아이를 다치게 하면 안 된다)."

나를 공격하려던 여자들은 남자의 명령에 주춤했다. 대신 차갑고 날카로운 눈빛으로 나를 쏘아보았다. 5:1이라 나도 섣불리 움직이지 못했다. 그때 등 뒤에서 기분 좋은 서늘한 기운이 온몸으로 퍼져나갔다.

"차사님."

"괜찮니?"

걱정 가득한 목소리였다. 그 목소리에 안심이 되었다. 해수 차사의 영과 내 몸이 합쳐지자 다시 기운이 났다.

"무슨 이유인지 모르겠지만, 너는 공격하지 못하게 하고 있다."

그러면서 양손에 지옥불을 일으켰다. 내 양손에 일어난 불길을 본 남자는 오른손으로 자신의 상의를 거칠게 찢어 던졌다. 그리곤 양손 주먹을 틀어쥐고 힘을 주었다. 남자의 팔과 상체에 우두둑 핏줄이 불거졌다. 그러자 남자의 주위로 영기가 소용돌이쳤다. 남자는 고개를 젖히고 하늘을 향해 힘껏 소리를 질렀다. 파르스름한 달빛을 뚫고 남자의 단말마 같은 소리가 멀리 퍼져나갔다. 그 순간 남자의 등 뒤로 엄청난 불빛이 뿜어져 나왔다.

"お父さん, ダメ(아버지, 안 돼요)."

여자들이 비명을 질러대었다. 하지만 남자는 더 강한 불빛을 뿜어냈다. 강렬한 불빛 속에서 남자의 꼬리가 합쳐지기 시작했다. 아홉 개가 여덟 개, 일곱 개, 여섯 개. 점점 줄어가던 꼬리가 마침내 하나의 커다란 꼬리로 합쳐졌다. 그와 함께 남자의 모습이 은색 털로 덮인 거대한 여우로 변했다. 남자의 목에 투명한 구슬이 매달려 있었다. 구슬 속에서 엄청난 기운이 소용돌이쳤다.

"마지막 비술까지 사용하게 되다니, 여자아이가 다칠지 모르겠지만 할 수 없지. 각오해라."

말을 마치는 동시에 여우가 달려들었다. 떨어드나 했는데 어느새 바로 눈앞에 와 있었다. 차사님의 대응으로 재빨리 옆으로 피했다. 발톱이 아슬아슬하게 비켜 지나갔다. 숨을 돌릴 사이도 없이 다음 공격이 이어졌다. 피할 새가 없어, 급하게 양손으로 막았다. 여우의 공격에 우리는 뒤로 튕겨나갔다. 그리곤 결계에 강하게 부딪쳤다. 가공할 힘이었다. 하지만 재빨리 자세를 바로잡았다. 바로 다음 공격이 이어질 줄 알았는데 여우는 웬일인지 바로 공격하지 않았다. 쳐다보니 나를 공격한 다리를 절룩거렸다. 지옥불이 일어난 손으로 막았는데, 아마도 그 손에 여우가 타격을 입은 모양이었다. 입에서 비릿한 냄새가 났다. 침을 뱉는데 피가 섞여 나왔다.

"조금만 버텨라, 곧 추격팀이 올 거다."

"네."

대답하는데 몸 여기저기가 욱신거렸다. 해수 차사가 다시 양손에 불길을 일으켰다. 은빛 여우는 내 양손에서 일어나는 불빛을 보더니 나지막이 주문을 읊었다. 그러자 불길이 활활 타오르며 여우의 전신을 휘감았다. 여우는 불길을 휘감은 채 공격해 왔다. 가까스로 여우의 공격을 피했지만 이어지는 공격에 우리는 다시 튕겨 나갔다. 하지만 재빨리 자세를 잡고 진격해 들어오는 여우의 공격을 막았다. 맞닿은 부분에서 여우의 붉은 불길과 우리의 푸른 불길이 섞여 맹렬하게 타올랐다. 뜨거운 열기가 느껴졌다. 여우도 열기가 느껴지는지 표정이 일그러졌다.

"죽어라."

여우가 이빨을 드러내며 강하게 밀어붙였다. 우리도 여우의 공격을 있는 힘껏 막아냈다. 푸른 불길이 더 맹렬하게 타올랐다.

"조금만 더, 조금만 더."

그러나 마음과 달리 여우를 막아선 손에 힘이 빠지기 시작했다. 이글이글 타오르던 푸른 불길도 조금씩 여우의 붉은 불길에 먹혀가고 있었다.

"아, 안 돼. 안 돼."

더 이상 버틸 힘이 없었다. 정신이 몽롱해졌다.

"기운 내. 조금만 더."

차사님의 힘겨운 목소리가 들렸다. 정신을 놓지 않으려고 입술을 깨물었다. 비릿한 피 냄새가 났다. 대신 흐릿해지던 정신이 또렷해졌다. 이를 악물고 있는 힘을 다 짜내었다. 사그라지던 푸른 불길이 다시 살아났다. 그러자 여우가 낮은 소리로 중얼거렸다. 여우의 눈이 붉게 물들었다. 그리곤 여우가 일으킨 붉은 불길이 거세게 타올랐다. 이전의 불길도 겨우 막아내고 있었는데, 거세진 불길에 우리의 불길이 점점 삼켜졌다.

"안 돼. 안 돼."

여우의 불길이 우리를 막 집어삼키려는 찰나 무엇인가 내 앞을 가로막았다. 동시에 여우의 불길도 밀려났다.

"해수 차사, 괜찮나?"

돌아보니 검은 슈트를 입은 저승사자의 모습이 보였다.

"오셨습니까. 팀장님."

해수 차사가 내 입을 통해서 대답했다. 기운이 없어서인지 해수 차사와의 강신이 풀렸다. 한 걸음 내딛다가 다리가 풀려 그 자리에 주저앉았다. 앞을 보자 수십 명의 차사들이 여우와 여자들을 에워싸고 공격하고 있었다. 여자들은 좀 전에 내 마나 드레인과 마나 붐에 충격을 받았는지 차사들에게 쉽게 제압당했다. 그러나 은빛 여우는 수십 명의 차사를 상대로 날뛰고 있었다. 뛰어오르고 구르고 이빨로 물어뜯고 불길을 일으켰다. 하지만 결국 힘에 밀려 제압당했다. 여우는 차사들에게 제압되어 다시 사람의 모습으로 변했다. 양손과 몸통이 시커멓게 그을려 있었다. 남자가 쿨럭 피를 토하며 주저앉았다.

"お父さん(아버지)."

여자들이 애타게 소리 질렀다. 남자는 고개를 들어 처연한 눈으로 여자들을 바라보더니 풀썩 쓰러졌다. 남자의 모습에 여자들이 더 크게 소리를 질렀다.

"겨우 끝났네요."

나는 기운이 없어 바닥에 주저앉아 있었다.

"그러게. 겨우 끝났구나."

해수 차사가 옆으로 와 앉았다. 쓰러진 남자에게로 추격 팀원들이 조심스레 다가갔다. 무릎을 꿇고 남자의 상태를 확인한 추격 팀원이 고개를 저었다. 그 모습에 여자들이 하나 둘 울음을 터트렸다. 여자들의 울음소리가 달빛에 젖은 산을 울리고 멀리 퍼져나갔다. 어디선가 밤 새가 우는 소리가 슬프게 들려왔다.

4월 15일

해수

알람 소리가 울렸다. 정신을 차려보니 여자아이의 방이었다. 내가 잤다고? 주위를 둘러보자 문 옆에서 지키고 있던 추격 팀원이 가볍게 목례를 했다. 그제야 그간의 일들이 생각났다. 추격팀이 남겨진 구미호들을 데려갔다. 그리고 구미호가 친 결계는 동방 팀장이 와서 해제해 주었다. 추격 팀장과 동방 팀장에게 그간의 상황을 보고하고 여자아이와 집으로 돌아왔다. 혹시 모른다며 추격 팀장이 1개 팀을 붙여줬다. 여자아이의 방에서 흐트러진 기운을 정리하려 했는데 정신을 잃었던 모양이었다.

침대를 보니 여자아이가 새근거리며 자고 있었다. 추격 팀원에게 가봐도 된다고 손짓을 했다. 추격 팀원이 고개를 끄덕이고는 밖으로 사라졌다. 어제 여자아이가 아니었으면 추격팀이 올 때까지 버틸 수 있었을까? 긴 한숨을 내쉬며 고개를 저었다. 신레이를 뺀 여덟 마리 구미호의 공격을 피하기에도 힘겨웠다. 야마나카 신레이는 평범한 구미호가 아니었다. 신령이라는 소리를 들을 정도로 강했다. 거기에 다른 구미호들의 힘까지 끌어 쓸 줄 알았다. 만일 혼자 싸웠다면 그런 기술을 쓰기도 전에 당했을 것이다. 때맞춰 여자아이가 와준 덕분에 버틸 수 있었다. 가까운 산에 있어 자주 어울려 바둑을 두던 신선이 신레이였다니. 죽은 신레이를 떠올리자 마음이 편치가 않았다. 그리고 왜 나를 공격했는지도 역시 알 수가 없다. 창으로 비쳐 든 햇빛이 여자아이의 얼굴에 넘실거렸다. 살짝 벌어진 입술 사이로 새근거리는 숨소리가 새어 나왔다.

"강혜수, 강혜수."

여자아이를 불러보았다. 반응이 없었다.

"강혜수. 일어나. 일어날 시간이야."

손으로 여자아이를 가볍게 흔들어 보았다. 하지만 여자아이는 세상 모르게 자고 있었다. 흐음. 그렇다면? 싱긋 웃자 입꼬리가 올라갔다. 휴대폰을 꺼내 전화를 걸었다.

"부탁하마."

"네. 차사님."

말을 마치기 무섭게 원영이 방문을 열고 들어왔다. 그리곤 여자아이의 침대로 쪼르르 다가갔다.

“어머, 언니 오늘은 얌전하게 자네.”

“그러게. 오늘은 제법 괜찮구나.”

“그럼.”

원영이 씩 웃으며 여자아이를 손으로 번쩍 들어 올렸다. 그리곤 그대로 욕실로 가서 장미 꽃잎이 떠 있는 욕조에 여자아이를 던졌다. 여자아이는 우아하게 포물선을 그리며 욕조를 향해 날아갔다. 풍덩. 커다란 물보라와 함께 여자아이가 물속에 빠졌다. 사방으로 튀는 물방울과 함께 장미 꽃잎이 아름답게 흩날렸다.

“얼마 만이야. 아이, 시원해.”

원영이 손뼉을 치며 좋아했다. 그 소란에도 여자아이는 잠에서 깨지 않았다. 물 위로 고개를 내민 채 꼼짝도 하지 않았다. 원영이 황당하다는 얼굴로 나를 돌아보았다.

“차사님, 언니 어떻게 된 거예요? 죽은 거 아니죠?”

“아냐. 명부도 안 나왔고, 영혼도 나오지 않고 있잖아.”

원영이 여자아이에게 다가갔다. 그리곤 여자아이의 코에 손가락을 갖다 대었다.

“숨은 쉬고 있는데. 어떡하죠?”

“어떡하지? 이런 일은 처음이라…”

나도 당황스러워 고개를 갸웃했다. 아무리 깊은 잠에 빠져 있어도 욕조에 던지면 깨어났는데. 지금처럼 욕조에 던져도 깨지 않은 적은 처음이었다. 어떻게 해야 하지?

"혜원 언니 불러와 볼까요?"

"그럴까?"

"잠시만요."

원영이 부리나케 밖으로 뛰어나갔다. 이내 혜원과 같이 들어왔다. 혜원은 욕조 안에 빠져서 자고 있는 여자아이를 재미있다는 듯 쳐다보았다.

"안 깨?"

"안 깨요. 어떡해요. 언니?"

원영이 고개를 젓자 혜원은 잠시 생각에 잠겼다. 그리곤 여자아이에게 다가가더니 귀에 대고 조용히 속삭였다.

"네 밥 내가 다 먹는다."

"뭐? 안 돼!"

여자아이가 벌떡 일어나며 소리쳤다. 그러더니 욕조에 들어 있는 제 몸을 내려다보며 기겁을 했다.

"일어났네."

혜원이 시크하게 말하더니 나가버렸다. 내가 뒷짐을 진 채 여자아이를 내려다보았다.

"씻고 내려와라."

"갈아입을 옷 걸어놨어요. 언니."

원영도 나와 함께 욕실을 나왔다. 복도로 나오자마자 둘이서 하이파이브를 했다.

"아, 상쾌해. 커피 내려야지."

원영이 생긋 웃으며 가벼운 발길로 주방으로 향했다.

"나코라는 구미호의 말에 따르면 아홉 마리 구미호의 힘을 이용하는 기술은 강하지만 위험한 기술이라고 한다. 신체가 견딜 수 없는 커다란 힘을 사용하는 기술이라 목숨을 잃을 위험이 큰 기술이라고 한다. 원신을 소환한 건 마지막 힘을 쏟아부은 거였다고 한다. 그 순간 신레이는 이미 죽은 거나 마찬가지였다고 한다."

"죽을 것을 알고도 마지막까지 차사님을 해치려고 한 거네요."

"그렇지."

동방 팀장에게 내용을 들었을 때도 그것 때문에 마음이 무거웠다. 도대체 왜 그렇게까지 나를 해치려고 했을까?

"이유가 뭐래요? 차사님을 그렇게까지 해치려고 한 이유가?"

"모른대."

"예?"

여자아이가 놀란 듯 눈을 둥그렇게 뜨고 쳐다보았다. 하지만 역시 이유를 모르므로 나 또한 알려줄 수가 없었다.

"사실이야. 다른 구미호들도 왜 그랬는지 아무도 모른대. 동방 팀장이 영으로 확인한 거라 틀림없는 사실이야."

나코라는 구미호는 처음부터 아무것도 몰랐다고 했다. 어느 날 잠에서 깨어보니 아버지와 언니들이 모두 함께 사라졌다고 했다. 그래서 그들의 사념을 쫓아 이곳까지 왔다. 또한 신레이와 함께 나를 공격한 구미호들 역시 왜 나를 공격하는지에 대해서는 이유를 전혀 몰랐다. 그저 자신들이 신뢰하는 아버지가 하는 일이니 최선을 다해 따랐다고 했다. 동방 팀장이 직접 취조한 결과라 의심할 여지가 없는 사실이었다.

"이유를 아는 건 신레이뿐이었는데, 신레이가 죽었으니 이유를 알 방법이 없다는 거네."

그때 다른 목소리가 끼어들었다.

"그렇지. 그런데 넌 왜 온 거야?"

"그냥. 너 별일 없나 보려고."

어느새 왔는지 문규가 여자아이의 옆에서 능청맞게 대답했다. 여자아이가 문규를 보고 반가운 듯 인사를 했다.

"어, 아저씨 오셨어요?"

"아저씨라니, 오빠라니까, 오빠."

"아, 네."

"아까 새벽에 추격팀이랑 조사팀들이 우르르 몰려가더라고. 요즘 추격팀이랑 조사팀이 같이 몰려갔다 하면 해수 네 일이었잖아. 그래서 와본 거지. 별일 없나."

"별일이다. 네가 화정이보다 내 걱정을 다 하고."

"야, 우리가 알고 지낸 지가 얼만데, 내가 널 얼마나 생각하는데 섭섭하게 그런 말을 하냐."

문규가 토라진 것 같은 표정을 지었다.

"화정이도 같이 왔지?"

"응."

문규가 고개를 끄떡였다.

"화정이는?"

"원영이랑 논다고."

"네가 그렇지."

바로 본심을 들킨 문규는 머쓱해서 뒷머리를 긁적였다. 여자아이가 나를 돌아보았다.

"나코는 어떻게 한대요?"

"일단 일족과 함께 일본으로 돌아간대. 다들 다쳐서 돌봐줘야 한다고."

"네."

여자아이가 고개를 끄덕이며 섭섭하다는 표정을 지었다.

"신레이 일로 너와 나에게 안 좋은 감정은 없는 모양이야. 아까 봤을 때도 별다른 감정이 없었고, 신레이에 대해서도 자세하게 설명해 줬어."

여자아이에게 들은 대로 전해주었다. 일족이라고 하지만 사람들처럼 실제 혈연관계는 아니라고 했다. 또한 미물들은 약육강식에 익숙해져 있어 누군가와 싸우다 죽는 것에 대해 원한을 품거나 하지는 않는 모양이었다. 그건 다른 구미호들도 마찬가지였다.

"나코가 간다니 아쉽네."

혜원이 과자를 입에 넣고 우물거리며 말했다. 내가 턱으로 여자애를 가리켰다.

"재는 또 언제 온 거냐?"

"좀 전에요. 어떻게 된 건지 궁금하다고 해서 설명해 줬어요. 헤헤헤."

"난 수련이나 해야겠다. 먹었으니 운동해야지."

혜원이라는 여자애는 과자 봉지를 비우고 일어섰다. 여자아이와 나도 방을 나섰다. 거실 소파에서 원영과 화정이 화기애애하게 얘기를 하고 있다. 문규는 그 옆에 앉아 화정만 바라보고 있다. 거실 창밖에서 기합 소리가 들렸다. 쳐다보니 정원에서 혜원이라는 여자애가 검을 들고 연습을 하고 있다. 그 너머로 경계를 하고 있는 추격 팀원들이 보였다. 인기척이 나서 돌아보자 어느새 여자아이가 옆에 와 있었다.

"평화롭네."

"그러게요."

여자아이가 생긋 웃으며 고개를 끄덕였다. 어딘가 전보다 성숙해진 모습이었다.

"이번에는 네 덕분에 산 것 같다. 고맙다."

"아뇨. 전 그냥."

여자아이가 갑자기 당황한 듯 얼굴이 빨갛게 달아올랐다.

"뭐 날 구하려고 했던 건 아니겠지만, 네가 그 순간 수련을 한 덕분에 위기를 넘길 수 있었던 건 사실이야. 네가 아니었으면 혼자서는 구미호들을 당할 수 없었을 거다. 고맙다. 강혜수."

여자아이를 향해 돌아서서 손을 내밀었다. 여자아이는 쑥스러워하며 내민 손을 잡았다.

"앞으로도 잘해보자."

내가 잡은 손을 흔들었다.

"네."

여자아이가 볼을 붉히며 맞잡은 손을 흔들었다.

"휘익."

난데없는 휘파람 소리에 돌아보자 문규였다.

"프러포즈를 할 거면 한쪽 무릎을 꿇고 해야지."

문규가 나를 향해 소리를 쳤다.

"프러포즈 아니라니까."

문규를 흘겨보는데 그때 휴대폰에서 알람이 울렸다. 휴대폰의 화면에 'NO.1 커플, 드디어 프러포즈♡'라는 알람이 올라와 있었다. 뭐야 이게? 하고 타이틀을 누르니 여자아이와 악수하는 모습이 동영상으로 나왔다. 영상 주위로 하트가 잔뜩 깔려 있고, 아래에 '♡사랑한다♡', '♡저도요♡'라는 자막이 떠 있다. 영상 아래의 조회수가 무시무시한 속도로 올라가고 있다. 도대체 어떤 놈이 이따위 영상을 올리는 거야? 게시자 ID를 보려고 화면을 스크롤했다. 게시자는 DS300. 개똥이 이 녀석.

"야, 김개똥. 개똥이 어디 갔어?"

천장을 뚫고 올라가자 부리나케 도망가는 아기동자의 뒷모습이 보였다.

"야. 너."

소리쳐 부르자 아기동자는 더 빠른 속도로 사라졌다.

에필로그

야마나카 신레이의 시신을 보관해 둔 동굴 앞이었다. 시신을 지키던 차사들이 쓰러져 있다. 동굴 안의 시신 옆에서 코트를 입은 남자가 신레이를 내려다보고 있었다.

"구미호로 무녀에게서 차사를 떼어내는 건 무리였나? 그래도 신의 저울이 조금 더 기울었으니 실패는 아니군."

남자는 신레이의 시신 위로 오른손을 펼쳤다. 그리곤 나지막이 주문을 읊었다. 남자의 주문에 신레이의 시신 주위로 마법진이 빛을 뿜으며 그려졌다. 마법진이 다 그려지자 신레이의 시신에서 투명한 구슬이 떠올랐다. 남자는 떠오른 구슬을 손으로 잡았다. 투명한 구슬 안에서 세찬 바람이 소용돌이치고 있다.

"바람의 정수. 루시퍼님의 강림을 위한 4대 요소 중 첫 번째 요소가 준비되었군."

남자는 손짓으로 구슬을 움직여 코트 주머니에 집어넣었다. 그리곤 펼쳤던 오른손을 거두어 턱을 받쳤다.

"마나 드레인의 능력을 가진 무녀라. 그 그릇에 루시퍼님을 강림시키면 그분의 능력을 얼마나 담을 수 있을지 궁금하군. 크크크크."

기분이 좋은 듯 남자에게서 낮은 웃음소리가 흘러나왔다. 남자는 코트 주머니에 한 손을 찔러 넣고 가볍게 돌아섰다. 남자의 웃음소리가 어둡고 축축한 동굴 벽을 따라 음산하게 울려 퍼졌다.